Pat Cadigan

PLANET AUS STAHL

Die neuen Abenteuer
der Familie Robinson

Aus dem Amerikanischen
von Jürgen Langowski

Deutsche Erstausgabe

WILHELM HEYNE VERLAG
MÜNCHEN

HEYNE ALLGEMEINE REIHE
Nr. 01/20021

Titel der Originalausgabe
PROMISED LAND

Umwelthinweis:
Das Buch wurde auf chlor- und säurefreiem
Papier gedruckt.

Redaktion Werner Bauer
Copyright © 1999 by New Line Cinema
Copyright © 1999 der deutschen Ausgabe by
Wilhelm Heyne Verlag GmbH & Co. KG, München
Printed in Germany 1999
Umschlagillustration: © 1997 by New Line Productions.
All rights reserved.
Umschlaggestaltung: Atelier Schütz, München
Satz: (3203) IBV Satz- und Datentechnik GmbH, Berlin
Druck und Bindung: Ebner Ulm

ISBN 3-453-14764-2

http://www.heyne.de

1

So sieht ein ehemaliger Kampfpilot aus.

Der Gedanke schoß Don West durch den Kopf, bevor er ihn unterdrücken konnte. Er starrte seinem Spiegelbild ins Auge, während er sich nach dem hochwillkommenen, aber viel zu kurzen Duschbad abtrocknete.

Der ehemalige Kampfpilot Don West ...

Don West, ehemaliger Kampfpilot ...

Das Spiegelbild sah müde aus. Nein, eigentlich nicht müde, sondern eher am Boden zerstört. So sahen Piloten aus, die wegen Wirbelsäulenverletzungen, Blutgerinnseln in den Augen und Schwindelanfällen vorzeitig zum Bodendienst abkommandiert worden waren. Arme Schweine, bei denen sich akute Erkrankungen in chronische verwandelt und der Fliegerkarriere ein jähes Ende bereitet hatten. Wenn man lange genug gedient hatte, durfte man mit einer dicken Berufsunfähigkeitsrente in den Ruhestand gehen und das alljährliche Veteranenbankett besuchen. Hatte man das entsprechende Alter noch nicht erreicht, wurde man zum Lehrkörper der Akademie versetzt und *mußte* das alljährliche Veteranenbankett besuchen.

Er und sein Kumpel Jeb waren sich nie einig geworden, welche der beiden Möglichkeiten die schlimmere war. Vielleicht lag es daran, daß man, wenn man zum Fliegen geboren war, das Festsitzen am Boden auf jeden Fall so empfand, als wäre man lebendig begraben worden, so daß es ohnehin keine Steigerungsmöglichkeiten mehr gab. Ein Grund, am Boden festzusitzen, war genau so schlimm wie der andere.

Aber seit einiger Zeit, dachte West, kannte er eine Möglichkeit, die tatsächlich als die Allerschlimmste in Betracht kam: flugtauglich zu sein, aber keine Gelegenheit zum Fliegen zu haben. Wenn Jeb ihn jetzt sehen könnte.

Es sei denn, er käme auf die wirklich verrückte Idee, mit diesem überdimensionierten Campingbus eine Spritztour zu machen, nur damit der alte John und Maureen einen tüchtigen Schreck bekämen und aus ihrer Resignation gerissen würden. Vorausgesetzt, da konnte sie überhaupt noch irgend etwas herausreißen. Will würde jedenfalls seinen Spaß dabei haben. Penny würde gelangweilt dreinschauen, und mit etwas Glück würde dieser Drecksack von Smith einen Herzinfarkt bekommen.

Aber Judy würde ihn natürlich wiederbeleben. Der Eid des Hippokrates: *Hiermit schwöre ich, jedes Geschöpf am Leben zu halten, sogar das uneheliche Produkt eines Techtelmechtels zwischen einer Schnecke und einem Wiesel.*

Womit Smith also ein Schniesel wäre, überlegte Don. Er mußte lachen. Das war gar nicht so übel. Schade, daß kein Kumpel da war, dem er den Witz erzählen konnte.

Ihm dämmerte, daß er mittlerweile seit geschlagenen fünf Minuten in der winzigen Dusche herumhing und sein Spiegelbild anstarrte. Er mußte sich sputen. Nicht, daß die Leute draußen Schlange standen; Judy war die nächste, und sie war erst morgen dran, wenn ihre Ration destilliert war. Wie klug von Maureen Robinson, sich genau zu überlegen, wieviel Wasser jede Person an Bord pro Tag für die Körperpflege brauchte, und das Wasser in Wochenrationen auszuteilen. Wie gut, daß sie genau sieben Personen waren, auch wenn er nicht viel davon hielt, daß Smith die gleiche Ration wie alle anderen erhielt. Der Schniesel war ein Störenfried, ein Eindringling, und er hatte versucht, sie alle umzubringen, verdammt noch mal! Aber trotzdem bekam er den gleichen Anteil Wasser wie alle, vom Essen ganz zu schweigen.

Laß es gut sein, ermahnte er sich. *Laß es gut sein und vergiß es.* Er zog sich rasch an, denn ihm war eingefallen, daß Judy ihn hatte zur Dusche gehen sehen. Sie konnte einfach nicht davon ablassen, ihn immer damit aufzuziehen, wieviel Zeit er im Bad verbrachte. *Die Männer, die lamentieren, ihre Frauen würden sich zu lange im Bad aufhalten, waren offensichtlich niemals gezwungen, das Bad mit Ihnen zu ‹teilen, Major. Finden wir denn immer noch so viel Bewundernswertes an uns?*

Beim ersten Mal war es einigermaßen witzig gewesen, beim zweiten Mal nicht mehr ganz so witzig. Beim achten Mal war es ausgesprochen langweilig, beim sechzehnten Mal fand er es allmählich nervtötend. Irgendwann danach hatte er das Mitzählen aufgegeben, aber inzwischen hatte ein Wandel von ›nervtötend‹ zu ›widerwärtig‹ stattgefunden, und allmählich wurde er so wütend, daß er einen Totschlag im Affekt ins Auge zu fassen begann.

Dabei war es ein ganz normaler Tag an Bord der *Jupiter 2*, Leute... Auch wenn er nicht genau wußte, welcher Tag es eigentlich war. Er seufzte und öffnete die Tür einen Spalt. Gerade weit genug, um hinauszuspähen, ob Judy dort auf ihn wartete.

Judy war nicht da, aber dafür Penny.

Die launischste aller Robinsons, und womöglich noch gefährlicher als Zachary Rattenarsch Smith. Sie zog den üblichen Teenie-Schmollmund, eine äußerst leistungsfähige Grimasse, die je nach Situation als laszive Einladung, eiskalte Ablehnung oder Vorbotin eines Wutanfalls aufzufassen war. Das einzige, was ihm mehr angst machte als die Wutanfälle, waren ihre Hormone, die immer wieder ihre Verliebtheit in ihn reaktivierten. Noch schlimmer war, daß er sich außerstande sah, den Unterschied zwischen den verschiedenen Betriebsarten zu erkennen. Pubertät *und* verschollen im Weltraum – er hätte Mitgefühl empfunden, wäre er nicht im gleichen Raumschiff eingesperrt gewesen wie sie.

Don schloß die Tür und lehnte von innen die Stirn dagegen. Wie war das noch mit dem geflügelten Wort, daß das Schicksal immer dann besonders hart zuschlägt, wenn man glaubt, es könnte nicht schlimmer werden?

Penny, die wütend draußen vor dem Bad wartete und die Tür anstarrte, dachte: *Ich würde Ihnen ja eine Kreditkarte geben und*

Sie bitten, sich etwas Hirn zu kaufen, Major Supermann, aber leider gibt es hier keinen Supermarkt.

Sie stand ein gutes Stück von der Tür entfernt im Gang und trippelte von einem Bein aufs andere. Er konnte doch nicht schon wieder vergessen haben, daß alle Bäder geschlossen worden waren und daß dies hier die einzige Toilette war?

Sie nahm ihre ganze Willenskraft zusammen und starrte die geschlossene Badezimmertür an, wobei sie sich vorstellte, daß die ganze angestaute Wut in Form von Strahlen aus ihren Augen schösse. *Du wirst dich sofort erinnern, daß die anderen Toiletten gesperrt sind, du wirst sofort dort herauskommen. Du wirst auf der Stelle herauskommen. Jetzt sofort. Auf der Stelle. Jetzt... jetzt... jetzt...*

Wie durch ein Wunder ging die Tür einen Spalt auf. Penny war nicht sicher, ob sie einen Schreck bekommen oder sich freuen sollte. Einen Moment später wurde die Tür wieder zugeknallt, und Penny stöhnte laut. Das durfte doch nicht wahr sein! Das war Folter. Sogar Kriegsgefangene durften die Toilette aufsuchen.

Aber so waren die Erwachsenen eben: die unfairsten, selbstsüchtigsten und gefühllosesten Kreaturen, die der Herr überhaupt geschaffen hatte. Sie glaubten, sie hätten Tag und Nacht das Recht, alles für sich in Anspruch zu nehmen, einfach aufgrund ihres *Alters*, einfach nur, weil sie länger da waren als die anderen. Es war zum Heulen! Dabei spielte es überhaupt keine Rolle, um was es im Einzelfall ging. Wenn ein Kind etwas wollte oder brauchte, und ein Erwachsener konnte es dem Kind wegnehmen oder irgendwie vermiesen, dann machte er es.

Ihr Vater war so übel wie alle anderen, er stand dem Superpiloten da drinnen in nichts nach. Sie hatte einfach nur auf der Brücke des Schiffs herumsitzen und einen neuen Gedichtzyklus in ihr elektronisches Tagebuch diktieren wollen *(Sternenlieder einer Traumtänzerin)*, aber ihr ach so kluger Daddy hatte sie hinausgescheucht und gejammert, er könne bei ihrem Geschwätz nicht richtig nachdenken.

Als ob er überhaupt was nachzudenken hätte. Sie waren im Weltraum verschollen, oder? Sie waren verschollen wie noch kein Mensch zuvor, und ihre einzige Hoffnung bestand darin, einen Ort zu finden, an dem sie sich niederlassen konnten und wo es atembare Luft, trinkbares Wasser und Nahrung gab. Und keine verrückten Zeitbeben, die den ganzen Planeten zerfetzten.

Man brauchte doch bloß das Navigationspult einzuschalten, dann wußte man Bescheid. Weckt mich, sobald ein erdähnlicher Planet in Sicht kommt, und dann macht mir bitte ein Bagel mit Frischkäse, leicht getoastet, kein Lachs, vielen Dank.

Aber nein, Dr. Eierkopf John Robinson, der große Denker, der sie in diese elende Situation gebracht hatte, er mußte nachdenken. Sie hätte ihn daran erinnern sollen, was beim letzten Mal passiert war, als er nachgedacht hatte. Aber da er ein Erwachsener war, kam er natürlich nicht auf die Idee, daß es hier nichts weiter zu tun und zu denken gab, außer einfach zu leben, zu atmen, auf das nächste Essen zu warten, auf die Schlafenszeit zu warten und die ganze Zeit zu versuchen, nicht an Langeweile zu sterben.

Sie war in Versuchung gewesen, ihm all dies mit einem einzigen, langen Wutausbruch um die Ohren zu hauen. Sie wollte es ihm ins Gesicht spucken und ihn *darüber* nachdenken lassen. Aber sie hatte es sich verkniffen, ihn nur böse angefunkelt und war hinausgeschlichen, um sich eine andere Stelle zu suchen, von der aus sie die Sterne sehen konnte.

Doch die *Jupiter 2* , die am Anfang gigantisch ausgesehen hatte wie eine Kathedrale, war im Laufe der Monate, seit sie in ihr gefangen waren, auf die Größe eines Kleiderschranks geschrumpft. Plötzlich gab es keinen Ort mehr, an den sie gehen konnte, ohne auf jemand anderen zu stoßen. Nun ja, um ehrlich zu sein, sie hatte noch ihre Kabine, aber wenn sie sich im Wachzustand länger als unbedingt nötig dort aufhielt, in diesem... in diesem *Schuhkarton*, dann würde sie noch explodieren. Sie würde einen Schreikrampf kriegen, sie würde...

Sie marschierte zur Badezimmertür. »Verdammt noch mal, Don West!« brüllte sie, indem sie die Faust auf den Rufknopf knallte. »Es gibt auf diesem verdammten Raumschiff noch andere Lebensformen außer Ihnen, und alle haben Blasen!«

Mein Gott, das Mädchen ist ein Genie.

Dr. Zachary Smith lag auf dem schmalen Bett in seiner Kabine. Er schob sich einen Arm angewinkelt unter den Kopf und starrte die Pipette an, die er in der anderen Hand hielt. Die durchsichtige Flüssigkeit darin, exakt ein halber Milliliter, sah reiner und klarer aus als Wasser, und er war sicher, daß das nicht nur eine Illusion war, entstanden aus Wunschdenken und den Nebenwirkungen der Droge, die er ›The Kiss of Bliss‹ nannte, den Kuß der Glückseligen.

Obwohl Pennys Gebrüll sogar noch im Innern seines Kopfes zu scheppern schien, blieb seine Hand völlig ruhig. Auch das war ein Anzeichen dafür, daß die Droge unter den gegebenen Umständen – die, wie jeder sofort zugegeben hätte, weit extremer waren als der relativ alltägliche Streß eines Medizinstudenten, eine durchaus therapeutische Wirkung entfalten konnte. Damals, während des Medizinstudiums, war er auf diese bezaubernde Droge gestoßen.

Seine Kommilitonen hatten die Droge viel mehr geschätzt als er selbst. Der einzige stubenreine Name für das Zeug, an den er sich erinnern konnte, lautete ›Kopfdröhnung‹, was erheblich unangenehmer klang, als es der Wirkung der Droge tatsächlich entsprach. Zumindest er selbst empfand es so.

Nicht, daß er damals viel mit Drogen experimentiert hätte. *Experimentiert?* In diesem Kontext war das Wort ein Witz. Als ob irgend etwas Konstruktives dabei wäre, absonderliche Kombinationen von Chemikalien zu schlürfen, zu schnupfen oder zu injizieren und sich langsam aber sicher in ein Wrack zu verwandeln.

Für ›*Kiss*‹ brauchte man immerhin etwas Intelligenz. Man mußte wissen, wie man die Droge aus einigen recht gebräuchlichen, alltäglichen Medikamenten destillieren konnte und wie man sie exakt fünfzehn Sekunden lang auf genau die richtige Temperatur erhitzte. Nach dem Abkühlen reichte ein halber Milliliter aus, um den Konsumenten acht Stunden lang in eine bessere Welt zu befördern, und das Herunterkommen nach dem Trip war sogar einigermaßen erträglich: kein Kater, keine unangenehmen Nebenwirkungen, keine Gehirnschäden, keine Probleme. Abgesehen höchstens von der Tatsache, daß die Droge schon nach relativ wenigen Einnahmen süchtig machte.

Aber so übel war die Sucht gar nicht, nicht schlimmer als beim Tabak, der seit Jahrzehnten verboten war, aber immer noch auf einschlägigen Schwarzmärkten gehandelt wurde. Nein, gehandelt worden war – zu der Zeit, als er ohne es zu wissen und gegen seinen Willen die Erde verlassen hatte. Tabak war wirklich eine dumme Droge. Es war erwiesen, daß er einige der schlimmsten und ekelhaftesten Krebsarten erzeugte, die teuer zu behandeln waren und dem Opfer einen qualvollen Tod garantierten. Und trotzdem konnten manche Leute immer noch nicht die Finger davon lassen.

Kiss dagegen regte das Gehirn an, besonders die Phantasie. Die Droge nahm einen auf eine sanfte Reise mit, und danach fühlte man sich erfrischt und nicht halb tot von Toxinen und Karzinogenen. Die Sucht war ein geringer Preis, den er für Kiss zu zahlen bereit war. Eher sogar ein Privileg, wie die Dealer immer sagten, wenn sie das Zeug verkaufen wollten.

Die meisten Leute kauften es lieber, als es selbst herzustellen, wie er es ein paarmal getan hatte, um es zu probieren. Damals hatte er das Erlebnis interessant, aber nicht besonders aufregend gefunden. Nach dreimaliger Einnahme hatte er die Droge unter der Rubrik ›vielleicht später mal nützlich‹ abgelegt, zusammen mit einigen Informationen über die Leiterin der Medizinischen Fakultät, für deren Geheimhaltung die Frau seiner Ansicht nach früher oder später bereit sein würde, eine schöne Stange Geld zu zahlen. Beide Annahmen hatten sich als zutreffend erwiesen.

Seltsam auch, er konnte sich nicht einmal mehr erinnern,

was das teure Geheimnis der Dekanin gewesen war. Aber die Formel für den Kiss of Bliss hatte er nicht vergessen. Als wäre er mit der Formel zu einem neuen Molekül verschmolzen, dachte er lächelnd. Wirklich, überlegte er, es wäre nicht schlecht, wenn er sich dank der Formel in eine andere Lebensform verwandeln könnte, die es ihm irgendwie erlaubte, tatsächlich aus diesem übervölkerten interstellaren Wohnmobil zu fliehen, und nicht nur in seinen Kiss-Träumen.

In seinem berauschten Hirn entstand ein Bild von den Robinsons, die in früheren Zeiten vermutlich so etwas wie die klassischen Dorftrottel gewesen wären. Mami und Papi, die lieben Kinderchen und der angeheuerte Knecht, die eilig die Habe auf einen Lastwagen packten und vor der ökologischen Katastrophe flohen, die das urbare Land in Staub verwandelt hatte, der vom Wind fortgetragen wurde.

Oh, das war wirklich ein klassisches Bild, und auf schreckliche Weise passend. Er sah sie förmlich vor sich, in zerlumpten Baumwollsachen, barfuß und mit großen Augen und fest daran glaubend, sie würden ausziehen ins gelobte Land. Planeten, auf denen die Straßen mit Gold gepflastert waren, wo das Geld auf Bäumen wuchs und wo der Champagner floß wie Wasser. Ach ja.

Und wenn sie im gelobten Land aller Dorftrottel ankämen, was dann? Dann würden die Robinsons zusammen mit den ähnlich einfältigen Flüchtlingen aus dem ganzen Universum auf einen Campingplatz gescheucht.

Er konnte es sich wirklich gut vorstellen. Und dort würden sie dann sitzen, ein Trupp ungebildeter, schlecht vorbereiteter Nomaden, mit denen die höheren Lebensformen, die das Universum am Laufen hielten, nichts zu tun haben wollten. Würde man sie einsperren in... wie hieß das noch gleich? Auffanglager? Slums? (Smith runzelte die Stirn; wenn man bedröhnt war, fielen einem die komischsten Sachen ein.)

Wenn sie als interstellare Wandervögel in einem Lager auf die Entscheidung der Einwanderungsbehörden warteten, würde den hochmütigen, selbstherrlichen Robinsons und ihrem ebenso hochmütigen und selbstherrlichen Knecht endlich ein Licht aufgehen. Sie würden entdecken, daß ihre gewaltige Klugheit im Vergleich mit den wirklichen Titanen des Universums, die so weit entwickelt waren, daß es sich im Grunde um Götter handelte, eher der Intelligenz einer Ameise glich.

Und was würden die Götter des Universums mit den winzigen Robinsons tun? Sie als Diener beschäftigen? Als Klowärter? Oder als vielseitig verwendbare, dumme, ungelernte Hilfsarbeiter?

Vor seinem geistigen Auge verwandelte sich das Bild der alten irdischen Slums in eine ganz andere Art von Lager, bei dessen Anblick sogar ein kaltblütiger Bastard wie er eine Gänsehaut bekam. Wie das kleine Genie Penny es ausgedrückt hätte: da wäre es ziemlich uncool.

Er schob sich die Pipette unter die Zunge, drückte fest auf die Gummikappe und spürte, wie der *Kiss of Bliss* über das empfindliche Gewebe unter der Zunge lief. Ein paar Augenblicke später breitete sich die Droge im Körper aus und vertrieb die schrecklichen Bilder.

So, das war besser. Wenn man auf einem Trip war, konnten einem wirklich die übelsten Sachen durch den Kopf gehen. Man mußte sehr aufpassen, welche davon man zulassen wollte, wenn man allein und ohne Freunde in den Tiefen des Weltraums gefangen war und nicht wußte, wann man nach Hause zurückkehren würde.

Vielleicht konnte er die Götter des Universums sogar überzeugen, daß er eigentlich gar nicht zu den Robinsons gehörte.

In der Etage unter der Brücke saß das jüngste Crewmitglied der *Jupiter 2* vor einem seltsam geformten Roboter, der aussah wie eine Kreuzung zwischen einer Krabbe und einem Skorpion, die nach einer Mutation eine Metallhaut bekommen hatte.

» Fühlst du einen Unterschied?« fragte Will den Roboter.

13

»Ich habe nicht die Fähigkeit, etwas zu fühlen, Will Robinson«, antwortete der Roboter.

Will schloß genervt die Augen und versuchte, ganz langsam bis zehn zu zählen. Er schaffte es bis zur Vier. »Okay. Kannst du mir sagen, ob sich für dich etwas verändert hat?« fragte er zähneknirschend.

»Wie sollte sich dieser Unterschied bemerkbar machen?«

»Du müßtest es im Kopf merken.« Will holte tief Luft. »Ich meine, in deinem Gehirn. In deinem neuronalen Netz. Ich habe den Aufbau verändert, damit du bei gleicher Zahl von Prozessoren mehrere Prozesse parallel verarbeiten kannst. Fühlst du dich jetzt... ich meine, spürst du irgendeinen Unterschied in deinen, äh, in deinen Sinnen? In der Art, wie die Informationen durch deine Schnittstelle kommen?« fügte er rasch hinzu. Er hoffte, es war die richtige Art, die Frage zu formulieren. Die künstliche Intelligenz konnte fast alles tun, aber am Ende lief es doch immer wieder darauf hinaus, die Rechner richtig zu programmieren. Wenn man nicht genau wußte, wie man die Befehle zu formulieren hatte, war man erledigt. Junge, diese intelligenten Computer waren eigentlich ziemlich dumm.

»Was wäre die Grundlage für den Vergleich?« fragte der Roboter mit teilnahmsloser Stimme. Scheinbar teilnahmslos, dachte Will. Seit einiger Zeit glaubte er, in der Stimme einen gewissen Spott zu entdecken. Wenn er sich das nicht nur einbildete, dann hatte er den Durchbruch geschafft und die künstliche Intelligenz zum Bewußtsein erweckt. Die schlechte Neuigkeit dabei wäre allerdings, daß dieses Bewußtsein ähnliche Launen an den Tag legte wie Penny, weshalb er es früher oder später wohl mit dem Hammer zerlegen müßte.

»Wiederhole: Was wäre die Grundlage für den Vergleich?« wollte der Roboter wissen.

»Hast du deine Eindrücke nicht aufgezeichnet, bevor ich die Veränderung vorgenommen habe?« fragte Will ungeduldig.

»Unbekannt. Es gibt keine Aufzeichnungen.«

»Also nicht.« Will seufzte. »Warum hast du deine Dateien nicht gespeichert, bevor ich dich verändert habe?«

»Alle Dateien waren vorhanden.«

»Ja, aber . . .« Will mußte sich beherrschen, um nicht mit beiden Fäusten auf den Roboter einzuschlagen. »Du hast gesagt, es gäbe keine Aufzeichnungen aus der Phase, bevor ich dich verändert habe.«

»Es gibt keine Aufzeichnungen über frühere Wahrnehmungen.«

»Okay, okay, okay.« Will nickte und versuchte, sich die Sache ruhig durch den Kopf gehen zu lassen. »Kannst du die Wahrnehmungen deiner Schnittstelle denn wenigstens jetzt aufzeichnen?«

Das Kopfmodul wurde leicht gehoben. Will hörte das unverkennbare Geräusch übertakteter Prozessoren, die sich in bemerkenswert kurzer Zeit überhitzten.

»Nein«, erwiderte der Roboter und starb zum fünften Mal in ebenso vielen Stunden.

Maureen Robinson hob den Kopf, als sie Will den Roboter anbrüllen hörte. Unter anderen Bedingungen hätte sie die Kabine, die sie sich mit John teilte, verlassen und wäre zu ihm gegangen. Aber sie wußte, daß sie am Ende doch nur selbst zu schreien beginnen würde. Will würde es ihr mit gleicher Münze heimzahlen, und dann würden sie sich gegenseitig anbrüllen, bis irgend jemand – wahrscheinlich John oder Judy, denn Don West und Penny waren wohl zu klug dazu sich einmischten und zu verhindern versuchten, daß sie sich gegenseitig an die Kehle gingen. Daraufhin würden sie dann gemeinsam über den Störenfried herfallen und ihn oder sie in der Luft zerreißen. Natürlich nur bildlich gesprochen.

Gott sei Dank, daß sie an dieser Stelle noch natürlich sagen konnte. *Aber wie lange noch*, dachte sie, *wie lange wird es dauern, bis es wirklich zu einem Ausbruch von Gewalt kommt? Was machen wir, wenn irgendwann wirklich mal jemand gegen einen anderen die Hand im Zorn erhebt? Wie sollen wir damit umgehen?*

Ihr fiel ein altes Poster ein, das sie einmal in einer Ausstellung zur populären Kultur des zwanzigsten Jahrhunderts im Museum gesehen hatte. Auf einem Cartoon waren zwei Geier zu sehen gewesen, die über einer Wüste kreisten. Einer drehte sich zum anderen herum und sagte: *Zum Teufel mit der Warterei, ich werde mir jetzt etwas töten.*

Nach Maureen Robinsons Ansicht faßte dies ihre Situation recht treffend zusammen. Der Cartoon kennzeichnete die Grenze, der sie sich näherten, erheblich besser als eine akademische, intellektuelle Beschreibung jener psychischen Störung, die man umgangssprachlich als ›Kabinenkoller‹ bezeichnete. Auch der fähigste Psychiater, dachte sie, wäre nicht imstande gewesen.. die Qualen nachzuempfinden, die man durchlitt, während sich das *Wenn* in ein *Sobald* verwandelte.

Sie hatte mit John noch nicht darüber gesprochen. Abgesehen von der Tatsache, daß sie im Grunde sowieso kaum ein Wort mit ihm sprach (das würde sich in absehbarer Zeit auch nicht ändern), würde ihnen das nicht bei der Navigation helfen, und es würde auch nicht ihre schwindenden Vorräte aufstocken; und deshalb würde er es gar nicht erst hören wollen. Er hatte das sehr deutlich zum Ausdruck gebracht, als sie das letzte Mal mit ihm gesprochen hatte.

Wenn es nicht dazu geeignet ist, uns den Rückweg zur Erde zu zeigen, eine Quelle für Energie oder Nahrung zu finden oder eine unmittelbar drohende Katastrophe abzuwenden, wie einen Riß in der Außenhülle oder die Kollision mit einem Neutronenstern, dann gehört es in die Beschwerdeabteilung, hatte er mit jenem aufreizend überheblichen Tonfall gesagt, den er sich bei den Pressekonferenzen in Houston vor ihrem Abflug angewöhnt hatte. *Beschwerden werden von der Beschwerdeabteilung bearbeitet, falls irgendwann einmal jemand eine solche Abteilung einrichtet. Ich kann dir aber jetzt schon versprechen, daß ich nicht derjenige sein werde.*

Das war John Robinsons kleine Rhetorikschule: lieber hundert Worte benutzen, wo zwei gereicht hätten.

Und was ist mit Maureen Robinsons Durchhalteschule? fragte eine kleine Stimme in ihrem Kopf. Zweifellos war das die Stimme der Vernunft. *Was lernt man da? Man lernt dies: Laß dich jederzeit widerspruchslos von jedem attackieren, auch wenn er gar nicht da ist.*

Ja, das mußte die Stimme der Vernunft sein, eindeutig. Entweder das, oder sie war innerlich über Bord gegangen und ins Meer des Irrsinns gestürzt. Was allerdings sofort die Frage aufwarf: War der Unterschied wirklich so groß?

Sie rollte sich mitten auf das Doppelbett und streckte Arme und Beine aus. Sie genoß diese Momente, wenn sie allein war und sich ausbreiten konnte. Eine kleine Freude war es; aber die kleinen Freuden waren wichtig, denn sie sorgten dafür, daß man nicht überschnappte und sich immer wieder zusammenreißen konnte.

Die Atmosphäre hatte sich verändert, sie konnte es riechen. Sie setzte sich auf und sah John in der Tür stehen. Er sah sie mit dem halb mitfühlenden, halb abschätzenden Blick an, den er in den letzten paar hundert Stunden, seit sie hier draußen im Nichts herumirrten, immer öfter gezeigt hatte. Wahrscheinlich hatte er diesen Blick sogar schon vorher gehabt, und sie war nur zu hypnotisiert gewesen, um ihn als das zu erkennen, was er war. Wahrscheinlich hatte sie ihn für Gefühlstiefe gehalten, für einen Funken des edlen Dichters und Wissenschaftlers, den sie früher einmal in ihm gesehen hatte.

Ihr Gesicht verhärtete sich, sie sah ihn feindselig an. Er sollte wissen, daß er auch mit noch so klugen Bemerkungen bei ihr nichts erreichen konnte. *Wenn es nicht dazu geeignet ist, uns den Rückweg zur Erde zu zeigen, eine Quelle für Energie oder Nahrung zu finden oder eine unmittelbar drohende Katastrophe abzuwenden, wie einen Riß in der Außenhülle oder die Kollision mit einem Neutronenstern, dann verschwinde. Kapiert?*

Doch er machte sie erst recht wütend, als er einfach nur schwieg und sie unverwandt anschaute. Sie erwiderte böse und trotzig seinen Blick, doch sie spürte bereits, wie ihr Widerstand erlahmte. *Du bist drauf und dran, das Spiel einfach mit-*

zuspielen, sagte sie sich. *Das ist der Kabinenkoller, weiter nichts. Wenn die anderen nicht fähig sind, einen klaren Kopf zu bewahren, dann ist es doppelt wichtig, daß du klar bleibst, einfach weil du es kannst. Auch wenn es schwer ist und weh tut.*

»Was ist?« fragte sie schließlich. Sie bemühte sich, einigermaßen freundlich zu sprechen.

Er kniff müde die Augen zusammen, sagte aber immer noch nichts. Sein Gesicht war wie eine Maske, und sie erkannte jetzt, daß sie im Grunde doch nicht erkennen konnte, was in ihm vorging. Sie wußte nicht, ob er glücklich, traurig, wütend, nachdenklich, ängstlich, krank oder einfach nur abgestumpft war. Er mochte in diesem Augenblick alles mögliche oder überhaupt nichts im Sinn haben, Sie konnte es nicht sagen. Nachdem sie mehr als ein Vierteljahrhundert verheiratet waren, vermochte sie immer noch nicht zu erkennen, was in ihrem Ehemann John Robinson vorging. Die Erkenntnis lag wie ein Eisblock in ihrer Brust.

»John«, sagte sie energisch, während sie sich bemühte, so neutral und sachlich wie möglich zu bleiben. »Stimmt etwas nicht? Willst du mir etwas sagen?«

Mein Gott, das waren doch nicht etwa Tränen in seinen Augen? Er würde doch nicht etwa anfangen zu weinen? Wenn John zusammenbrach, wenn mit ihm nicht mehr zu rechnen war, dann bliebe alles an ihr und an diesem von Testosteronen überschwemmten Pilotenlümmel mit seinen Lederhosen hängen. Sie war nicht sicher, ob sie seine Gegenwart länger als fünfzehn Sekunden ertragen konnte. Nicht in einer Situation wie dieser, wenn...

»Maureen«, sagte John. Seine Stimme zitterte leicht. »Ich möchte, daß du mitkommst und dir etwas ansiehst. Ich muß es einfach wissen.«

»Was mußt du wissen?«

»Ich muß wissen, ob das, was ich sehe, wirklich dort ist.« Er richtete sich auf und nahm vor ihr unwillkürlich Haltung an. Er mußte offenbar kämpfen, damit seine Augen trocken blieben. »Falls es nicht da ist, dann muß ich wissen, ob wir so klug waren, vorsichtshalber Mittel gegen Psychosen einzupacken. Und wenn wir sie haben, sollte ich sie anschließend nehmen.«

Judy erwachte aus der Trance, in die sie vor dem Monitor auf ihrem Schreibtisch gefallen war. Das Fraktal, das sie wie ein Mandala zur Meditation benutzt hatte, bewegte sich unbeachtet weiter. Waren das Stimmen? Ja, sie hatte die Stimmen ihrer Eltern gehört. Die beiden würden sich doch nicht schon wieder streiten, oder? Sie hatte angenommen, diesen Streitereien ein Ende gesetzt zu haben, als sie den beiden gedroht hatte, ihnen einen Koma-Cocktail in den Kaffee-Ersatz zu kippen, wenn sie mit ihrer Hackerei nicht aufhörten. Dieses Wort beschrieb allerdings eher das Verhalten ihres Vaters als das ihrer Mutter. Maureen Robinsons eiserner Wille und ihre Selbstbeherrschung äußerten sich vor allem als Kälte. Eiskalt war sie, und selbst wenn man sich ihr freundlich näherte, taute sie nicht auf.

Also gut, wenn die beiden sich jetzt ernsthaft an die Kehlen gehen wollten, dann mußte sie eben ausweichen auf Plan B. Die Spritzen lagen bereit, jeweils individuell korrekt dosiert. Rosa für Dad, blau für Mom. Ein kleiner Scherz am Rande. Don Wests Spritze war ebenfalls rosa. Wenn sie ihn ruhig stellen mußte, dann würde sie dafür sorgen, daß er die Spritze sah, bevor er die Augen verdrehte. Na gut, es war eine kleine Beleidigung, aber wenn sie soweit wäre, daß sie ihm die Spritze geben mußte, dann wäre er soweit, daß er es auch verdiente. Smiths Spritze war giftgrün, doppelte Dosis.

Bei Penny und Will würden Pflaster genügen. Ein Pflaster rasch in den Nacken geklatscht, und die Babys würden die ganze Nacht durchschlafen. Wobei mit der Nacht natürlich eher die Nachtseite ihrer Seelen gemeint war. Aber sie würde dies natürlich nur tun, falls es wirklich zu einem Notfall kommen sollte; erst dann und aus keinem anderen Grund. Ganz egal, wie sehr die anderen ihr auf die Nerven gingen – oder auf den Sack, wie Smith es ausdrückte (der Mann konnte gelegentlich recht ordinär werden). Ganz egal, wie sehr sie sich wünschte, alle anderen zu betäuben, damit sie zwölf Stunden ungestört, ruhig und allein verbringen konnte. Ganz allein, und niemand in der Nähe, den sie sehen, hören oder riechen mußte –aber egal, wie verlockend diese Aussicht auch war, sie würde der Versuchung nicht nachgeben. Sie würde es erst tun, wenn jemandes Leben in Gefahr wäre oder wenn die *Jupiter 2* gefährdet wurde.

Natürlich war Vorbeugen besser als Heilen. Das hatte sie schon im Medizinstudium immer wieder gehört, bis es ihr fast zu den Ohren herausgekommen war. Aber es entsprach der Wahrheit, das hatte sie bei ihren Einsätzen im Rettungsdienst in Houston rasch begriffen, als mitten in der Nacht von Samstag auf Sonntag die Notfälle hereinkamen.

Die Erinnerung an die Zeit, die sie in der Notaufnahme gearbeitet hatte, löste ein Heimweh in ihr aus, das körperlich fühlbar war wie eine starke Droge. Es traf sie völlig unvorbereitet, und die Tränen liefen ihr über die Wangen, ehe sie die Erinnerung verdrängen konnte. *Mein Gott.* Vielleicht wäre es wirklich am besten, allen die Spritzen zu geben. Sie schlafen legen und im Schlaf halten, bis der Atemreflex irgendwann schwächer wurde und ausfiel. Sie konnte bei ihnen sitzen und zusehen, wie sie still entschliefen, bevor sie sich selbst eine Infusion legte, die sie ebenfalls ins Jenseits beförderte. Damit wären alle Schmerzen vorbei, die körperlichen wie die seelischen. Sie würden nicht mehr auf den Zeitpunkt warten, an dem die Luft nicht mehr gereinigt und aufbereitet werden konnte, wenn die Nahrung nicht mehr recycelt werden konnte, wenn sie pro Person nur noch ein paar Milliliter Wasser destillieren konnten. Nein, es gab wirklich angenehmere Arten zu sterben, besonders wenn sie an Will und Penny dachte.

Natürlich dachte sie auch an sich selbst. Das mußte sie zugeben. Warum auch nicht? Was nützte es schon, daß sie zu einer erstklassigen Ärztin ausgebildet worden war, wenn sie jetzt Lichtjahre von der Erde entfernt durchs Weltall trieb? Sie schaffte es nicht einmal mehr, ihren Wissensstand zu halten, von Weiterbildung ganz zu schweigen. Welche medizinischen Entwicklungen mochte es inzwischen auf der Erde gegeben haben? Oder in der Biologie oder in den Zweigen Überlebensvorsorge, Regeneration, Langlebigkeit? Welches Jahr schrieb man daheim überhaupt? Konnten sie das irgendwie bestimmen, oder waren sie nicht nur im Weltraum verschollen, sondern dank des verdammten Planeten, auf den sie gestürzt waren, auch in der Zeit? Wenn man diese Fragen nicht beantworten konnte, welche Rolle spielte es da noch, ob man lebte oder tot war?

Ihre Hand wanderte unwillkürlich zu der Schublade, in der sie die Spritzen und Pflaster deponiert hatte, doch sie zwang die Hand, die Richtung zu ändern und zum Schränkchen über ihrem Schreibtisch zu langen, in dem sie die Psychostabilisatoren aufbewahrte. Sie hatte ihren Eltern nicht gesagt, daß sie seit einiger Zeit auf chemische Helfer zurückgriff, um ihre Stimmung zu heben, und wahrscheinlich würde sie es ihnen auch nicht verraten. Denn schließlich war sie erwachsen und ein Profi. Und was auch immer das Wort ›Profi‹ in dieser interstellaren Einöde bedeutete, es besagte auf jeden Fall, daß sie in bezug auf die Behandlung von Menschen fähig war, die richtigen Entscheidungen zu treffen, für sich selbst wie für alle anderen. Sie hatte die Situation sorgfältig analysiert und sich immer wieder genau überlegt, wann sie welche Stabilisatoren einsetzen mußte. Bisher war es recht gut verlaufen, auch wenn ihr Vater den Unterschied ohnehin nicht bemerkt hätte. Aber in der letzten Zeit wurde es immer schwerer. Sie würde die Dosis erhöhen müssen, wenn sich die Situation nicht änderte. Die Luft war dick wie Erbsensuppe, in der ein Löffel aufrecht stehenbleiben konnte.

Als sie sich das Pflaster mit dem Stabilisator vorsichtig im Nacken unter die Haare setzte, hörte sie die Stimmen ihrer Eltern lauter werden. Nein, sie stritten sich nicht, sie waren aufgeregt. Es klang beinahe fröhlich.

Hatte jemand auf dem Navigationspult irgendwo dort draußen in der Leere des Weltraums etwas entdeckt? Hatte ein Sensor etwas angezeigt?

Judy hatte unwillkürlich den Atem angehalten. Sie wagte nicht zu hoffen, sie wagte es einfach nicht. Denn wenn sie zu hoffen begann und es wäre wieder nichts, dann würde sie es nicht ertragen können, dann würde sie die Hand nicht mehr von dieser Schublade fernhalten können.

Ihr Name wurde gerufen, und sofort sprang sie auf und rannte durch die *Jupiter 2* zur Brücke, wo Maureen und John lachend und weinend zugleich standen und alle anderen riefen, so schnell wie möglich zur Brücke zu kommen. Sogar der verdammte Zachary Smith war eingeladen.

2

John Robinson fühlte sich besser. Vielleicht nicht so gut, wie er sich fühlte, wenn es ihm wirklich gutging, aber er war recht nahe daran, und er war Lichtjahre entfernt (man verzeihe den Ausdruck) von dem Kabinenkoller, der sich darin äußerte, daß man sich eingesperrt und niedergeschlagen fühlte und im Grunde nur noch auf den Tod wartete.

Als die Sensoren in diesem sternenlosen Vakuum das planetengroße Objekt entdeckt hatten, in dem es unverkennbare Lebenszeichen gab, wo kein Leben hätte sein dürfen, hatte er beinahe das Gefühl gehabt, in ihm machte irgend etwas einen Freudensprung. Die technischen Erklärungen kannte er natürlich: Adrenalin, Endorphine und so weiter. Aber das Gefühl im Bauch war doch erheblich bedeutender und angenehmer, als man angesichts der nüchternen Beschreibung chemischer Reaktionen vermuten würde. Er blickte zu Don West, der links neben ihm saß. *Okay, Junge, so langsam verstehe ich, was dich beim Fliegen juckt.* In diesem Augenblick wünschte er sich beinahe, die *Jupiter 2* wäre ein schlanker Raumjäger, mit dem sie im Nu das riesige Ding umkreisen konnten, das unvermittelt vor ihnen in der Schwärze des Weltalls aufgetaucht war. Jetzt wollte er auf einmal wieder lebendig sein. Nein, er wollte es nicht nur, er gierte förmlich nach Leben. Er würde nie wieder zulassen, daß die trübselige Stimmung ihn so sehr in ihren Bann zog, er wollte nie mehr eintönige Tage abzählen und auf der Stelle treten.

Es war, als wäre die gewaltige Kugel eigens aus dem Nichts aufgetaucht, um ihn an die Worte eines alten Gedichts zu erinnern, in dem es um den Ernst und die Realität des Lebens ging.

Aber andererseits machte ihn die Erregung beinahe ein wenig trunken, dachte er nicht ohne Selbstironie. »Was sagen die Anzeigen, Maureen?« fragte er.

»Es lebt nicht, aber es sind eindeutig Lebensformen im Innern«, erwiderte sie. »Und dazu Energieabstrahlungen, die die Vermutung nahelegen, daß dort Lebensformen dauerhaft existieren können.«

»Noch jemand, der im Weltall verschollen ist?« bemerkte Don West. »Aber die da sind ein paar mehr als wir.«

»Nein, sie sind nicht verschollen«, schaltete Will sich ein. »Die Geschwindigkeit läßt vermuten, daß sie ein Ziel ansteuern.«

»Ein Ziel, das scheint sinnvoll«, meinte Judy nachdenklich. Sie beugte sich neben Maureen über das Pult und tippte mit einer Hand Daten in ein elektronisches Notizbuch, während sie mit der anderen auf den Bildschirm der Schiffsbibliothek deutete. »Ich meine, es ist völlig logisch, daß sie ein Ziel haben, denn die meisten Lebensformen, die da drinnen angezeigt werden, sind intelligent. Bewußt.« Sie schaute zu John. »Intelligentes Leben also. Menschlich oder menschenähnlich.«

»Nennen wir es einfach menschlich.«

»Ist das nicht etwas chauvinistisch?« warf Penny ein. »Ich meine, vielleicht haben sie ein eigenes Wort dafür, und wir sind umgekehrt das, was *sie* mit diesem Wort bezeichnen. Falls ihr versteht, was ich damit sagen will.«

»Schon klar«, gab John zurück und kam damit Will zuvor, der offenbar gerade eine neunmalkluge Bemerkung hatte machen wollen. »Ich vertraue darauf, daß du ihre Sprache schnell genug lernen kannst, damit wir das Wort ›menschlich‹ jeweils im richtigen Kontext als Übersetzung einfügen können. Damit wir nicht wie Chauvinisten wirken.« Er blinzelte Penny zu. »Capisce?«

»Pfft«, machte sie. Aber zum erstenmal seit längerer Zeit schaffte sie es zu lächeln.

»Orbit berechnet«, meldete Don. »Dann beginnen wir mal mit der Stadtrundfahrt.«

John beugte sich zum Bildschirm vor, auf dem eine Vergrößerung zu sehen war, und betrachtete einen Ausschnitt der Oberfläche des Objekts. Es war bei weitem nicht so unregelmäßig oder zerklüftet, wie er es erwartet hätte. An manchen Stellen sah es aus, als wäre es mit Industriediamanten geschliffen worden. Schäden an der Hülle konnte er nicht entdecken. Entweder, sie waren einer gewissen Horde metallfressender Spinnen nicht begegnet, oder sie hatten ein wirkungsvolles Insektenmittel.

»Im Zentrum halten sich anscheinend mehr Wesen auf als an allen anderen Stellen«, sagte Maureen.

»Da sind sie besser geschützt«, erklärte Don. Dann runzelte er die Stirn. Während sie den Planeten umkreisten, näherten sie sich einem riesigen Gebiet, das mit Linien überzogen war, die man anscheinend in die Oberfläche geätzt hatte. Das Gebilde mußte künstlichen Ursprungs sein, dachte John. Das Muster erinnerte ihn an etwas, das er einmal in Südamerika gesehen hatte: riesige Linien und Muster, die manche Spinner als Landemarkierungen für die Fahrzeuge göttlicher Außerirdischer deuten wollten.

Aber wenn dies eines jener Raumschiffe sein sollte, dann waren die Landeplätze bei weitem zu klein. Dieses Ding hier war ungefähr zwei Drittel so groß wie der Erdmond, besaß allerdings eine erheblich geringere Masse.

»Was mag das bloß sein?« grübelte Don. ›Das‹ war eine unregelmäßige Anordnung von einander überlappenden Quadraten, Achtecken, Rechtecken und Ovalen.

»Wie sieht es denn aus?« fragte John. Don lachte leise. »Ich habe keinen Schimmer. Ich habe schon die moderne Kunst auf der Erde nicht verstanden, ganz zu schweigen von dem Krempel von einem anderen Planeten.«

»Stammesabzeichen?« grübelte Maureen. »Oder vielleicht ihre Version einer Seriennummer, ein Fahrzeugkennzeichen?«

»Ein Firmenname«, warf Will ein. »Vielleicht hat die Firma, die bei ihnen Coca Cola entspricht, ihren Flug unterstützt.«

»Eine Reklametafel«, schlug Judy vor. »*Eßt bei Joe*«. Oder *Leckere UFO-Burger*.«

»Ein Aufkleber«, sagte Don. »*Wenn du das lesen kannst, fährst du zu dicht auf.*«

»Ein Ziel.«

Sie drehten sich alle zu Penny um, die eifrig etwas in ihr elektronisches Notizbuch zeichnete. Sie erwiderte gleichmütig die erstaunten Blicke der anderen, dann wandte sie sich an John.

»Schau es dir an. Viele Umrisse überlagern sich an der gleichen Stelle, und die Flächen, die es nicht tun, zeigen trotzdem in die gleiche Richtung.«

»Ich kann es noch nicht richtig einordnen«, meinte John zweifelnd.

»Ich schon«, sagte Don. »Sie hat recht.«

»Ein Ziel?« sagte Will ungläubig. »Aber wozu?«

»Es markiert den Eingang zur Hölle.« John fuhr zu Smith herum, der mit verschränkten Armen in der Tür stand und ebenso verschlafen wie boshaft dreinschaute.

»Wir könnten dafür sorgen, daß Sie zur Hölle fahren«, sagte Don, ohne sich umzudrehen. »Das würde ich als eindeutige Verbesserung der Situation empfinden.«

»Ich möchte nicht da hin, wo Ihre Verwandten sind«, erwiderte Smith höhnisch.

»Meine sind wenigstens keine Wirbellosen.«

»Könntet ihr zwei nicht endlich aufhören?« schaltete Judy

sich entnervt ein. Aber John konnte hören, daß sie beinahe lachen mußte.

»Ich habe es versucht«, sagte Smith. »Ich habe meine Kündigung längst eingereicht, aber irgendwie finde ich den Absprung einfach nicht.«

»Ach, Smitty, wer weiß«, bemerkte Don. Er nahm auf seinem Pult einige Einstellungen vor. »Vielleicht bekommen Sie jetzt die Gelegenheit dazu.«

»Was meinen Sie damit?« wollte John wissen.

»Pennys ›Ziel‹.« Don hielt inne. »Es sieht wirklich aus wie. ›Hier entlang, Leute. Bitte hier eintreten.‹« Er sah John erwartungsvoll an.

»Lassen Sie uns das Ding noch einmal umkreisen. Ich würde gern sehen, wo der Ausgang ist«, befahl John.

»Ich fürchte, mehr gibt es da nicht zu sehen. Es ist Eingang und Ausgang zugleich.«

»Mag sein. Aber wenn das so ist, dann gefällt es mir nicht.«

»Warum denn nicht?« fragte Don.

»Weil ich geschlossene Räume, bei denen es nur einen einzigen Ein- und Ausgang gibt, nicht ausstehen kann.«

»Das ist sehr weise, Dr. Robinson«, stimmte Smith zu. »Was dort auch lebt, es muß sich irgendwie ernähren. Oder, um es so schlicht zu sagen, damit auch unser Major es versteht, die brauchen *Futter*. Vielleicht gilt dort Menschenfleisch nicht als Delikatesse, aber vielleicht sind sie andererseits auch nicht besonders wählerisch.«

»Vielen Dank für den Hinweis«, murmelte Maureen.

Don stand plötzlich auf und ging zu ihm, bevor er in seine Kabine fliehen konnte. »Okay, Smitty«, begann er mit falscher Fröhlichkeit, »ich will Ihnen was sagen. Wir bieten Sie als Vorspeise an. Wenn sie zuschnappen und mehr verlangen, dann wissen wir, daß wir uns Sorgen machen müssen.«

Smiths Gesicht wurde hart. »Nennen Sie mich nicht Smitty, Donny.«

Don setzte zu einer Bewegung an – vielleicht nur eine verächtliche Geste, vielleicht aber auch, um Smith zu schlagen.

John hob die Stimme. »Major West, kehren Sie an Ihren Posten zurück. Sie haben nicht die Erlaubnis, Ihren Posten zu verlassen.«

Dons Gesicht blieb undurchdringlich, aber er gehorchte. Smith verzog hinter seinem Rücken höhnisch das Gesicht. Als Don sich auf seinen Pilotensitz fallen ließ und die Anzeigen auf dem Pult betrachtete, schüttelte er ungläubig den Kopf und sah zu der Kugel hoch, die vor den Sichtschirmen hing.

»Es sieht so aus, als hätten Sie und Penny recht gehabt«, sagte John.

»Yeah, das sehe ich«, erwiderte Don. Das Gebiet, wo sich zahlreiche der vielgestaltigen Flachen überlappten, öffnete sich wie eine Irisblende. Es war eine unverkennbare Einladung. »Ob die uns meinen?«

»Sieht man denn hier in diesem Teil des Universums noch ein anderes Raumschiff herumfliegen?« gab Judy zurück.

»Wie kommen Sie auf die Idee, wir könnten hier irgend etwas *sehen*?« fragte Smith. »Wir haben auch dieses riesige Ding erst viel zu spät gesehen.«

»Ich hatte die Sensoren nicht auf die entsprechende Distanz eingestellt«, erklärte John. »Also sehen Sie da mal keine Gespenster.«

»Am liebsten würden Sie ja wohl auch mich ins Land der Gespenster jagen, was?« Smith war gehässig wie eh und je. Es stand zu erwarten, daß diese neue Entwicklung seine Stimmung nicht heben würde, aber das hatte John ohnehin nicht erwartet. Er war mehrmals in Versuchung gewesen, Smith zwangsweise in den Kälteschlaf zu versetzen, auch wenn das möglicherweise das Todesurteil für den Mann bedeutet hätte. Irgendwie hatte er sich jedoch nicht dazu durchringen können. Aber wenn der Halunke auf diese Weise weitermachte, dann würde es nicht mehr lange dauern, bis er den elenden Wicht mit vorgehaltener Pistole in eine Kälteschlafkapsel scheuchte.

Oder er würde es Don tun lassen. Don würde das genießen, und Smith hatte vor Don besonders große Angst.

»Was soll's, sagte John dann leichthin. »Drehen Sie noch eine Runde, Major.«

Unbehagliches Schweigen breitete sich aus. Dann. »Ich fürchte, das ist nicht zu machen.« Dons Stimme klang besorgt.

»Ausweichmanöver?« fragte John ohne große Hoffnung.

Don ließ sofort die Finger über das Pult tanzen, als wäre es ein Klavier. »Manuelle Steuerung läßt sich nicht aktivieren.«

»Ich wünschte, ich könnte sagen, es war mir eine Freude«, schaltete Smith sich ein. Er lachte kurz und humorlos. »Aber das würde nicht zutreffen. Und wie es scheint, heißt es jetzt bald für uns alle: Adieu, du schöne Welt!«

Bevor jemand antworten konnte, hörten John und alle anderen den Aufzug anspringen und von der unteren Etage heraufkommen.

»Heiliger Himmel!« rief Will.

»Robot ist online«, sagte die vertraute mechanische Stimme. John fiel erst jetzt auf, daß er sie seit einer ganzen Weile nicht mehr gehört hatte. Will hatte den Roboter immer wieder zerlegt und neu zusammengebaut und versucht, mit Hilfe der Parallelverarbeitung einen Durchbruch zu erzielen.

Der offene Aufzug hielt an, und der Roboter rollte auf die Brücke.

»Es ist doch immer schön«, sagte Smith sarkastisch, »wenn in der Schlußszene alle Lieben versammelt sind.«

»Dad«, sagte Will bebend, »ich habe die Energieversorgung herausgenommen.«

John sah zu Don West, dann zu Maureen.

»Will Robinson hat recht«, schnarrte der Roboter. »Robot wird vorübergehend über Fernsteuerung mit Energie versorgt. Übersetzung folgt.«

»Erkläre«, verlangte John.

»Energieversorger wird Übersetzung senden sowie Übersetzungsgeräte auf Grundlage der hier gewonnenen Informationen liefern.«

»Ach so«, sagte John schwach. Ihm wurde schwindlig.

»Ach so«, ahmte Smith ihn höhnisch nach. »Und was dann?«

Der Roboter drehte sich zu ihm um. »Dann essen wir.«

3

Das Kinn auf die Fäuste gestützt, starrte Penny auf den kleinen Bildschirm, der in Don Wests Armlehne eingebaut war. Sie hatte den Pilotensessel nach oben gefahren und ließ jetzt, knapp zweieinhalb Meter über der Brücke sitzend, die Beine baumeln und dachte über das Objekt nach, dem sich die *Jupiter 2* langsam näherte. Sie saß schon mehr als eine Stunde dort oben, seit Judy endlich Dr. Smith mit einem Schlafmittel ruhiggestellt und in seine Kabine gesperrt hatte. Es gab nicht viel zu tun, während die große Metallkugel langsam näherkam und immer größer wurde, abgesehen davon, eine Datei zu bearbeiten, die ihre Mutter ihr gegeben hatte, und den Zyklus mit Traumtänzergedichten zu beenden. Vielleicht sollte sie einen Chip aus dem Aufzeichnungsgerät in eine Kapsel stecken und in den Weltraum schießen. Eine Art intergalaktische Flaschenpost. Vielleicht würde irgendwann einmal jemand die Botschaft finden und die Informationen dekodieren, so daß sie eine Multimedia- Aufführung der ›Sternenlieder einer Traumtänzerin‹ veranstalten konnten.

Aber natürlich nur, falls Dr. Smith recht behielt und dies wirklich ihr Ende bedeutete. Was glücklicherweise höchst unwahrscheinlich war.

Denn warum sollte ein Alien, ein wirklich echter Alien, kein Schoßtier wie Blopp, der im Augenblick friedlich im Kälteschlaf lag, ihnen erst Botschaften über den Roboter schicken und sie am Ende doch noch umbringen? Das wäre Zeitverschwendung gewesen. Wenn sie schon umgebracht werden sollten, dann hätte man sie ja sofort umbringen können, überlegte sie. Etwas, das derart gründlich die Kontrolle über den

Roboter und sogar das ganze Schiff übernehmen konnte, war ohne weiteres fähig, die Luftzufuhr abzustellen und sie einfach ersticken zu lassen oder sie sogar mit Hilfe der giftigen Substanzen zu töten, aus denen der Treibstoff zusammengesetzt war.

Sie beugte sich vor und beobachtete die anderen Familienmitglieder. Will war damit beschäftigt, den Roboter mit Diagnoseprogrammen zu füttern, und bekam praktisch jede Minute ein neues Ergebnis, das dem letzten widersprach. Oder waren es gar keine Diagnoseprogramme? Versuchte er etwa, die Energiezufuhr aufzuspüren, um herauszufinden, wie die Energie gesendet oder projiziert wurde?

Aber viel Glück hatte er damit nicht, auch wenn massenhaft Informationen in die wissenschaftlichen Datenbanken eingespeist wurden. Ihre Mutter und Judy überwachten den Informationsfluß und versuchten, die Daten zu organisieren. Ein Teil davon, erklärte Judy gerade, schien immer die gleiche Aussage zu transportieren, nur in einem Dutzend Codes oder Sprachen jeweils unterschiedlich ausgedrückt.

Die Datei, mit der Penny im Auftrag ihrer Mutter arbeitete, war ein Durcheinander von Bytes, das an den Anblick erinnerte, den die Leute vor mehreren Generationen gesehen hatten, wenn sie aus einem Computernetz Binärdateien laden wollten. Wenn man eine solche Datei mit einem Textverarbeitungs- oder Grafikprogramm öffnete, bekam man nur Schrott auf den Bildschirm. So wie sie jetzt.

Sie hatte die Datei gespeichert und hoffte nun, das Entschlüsselungsprogramm würde etwas Sinnvolles ausspukken. Entweder das, oder es gab nichts zu entschlüsseln; vielleicht kam dann nur Musik heraus.

Sie war sogar ziemlich sicher, daß es sich um Musik handelte, auch wenn Judy skeptisch war. Don West hatte gesagt, seiner Ansicht nach könnte es auch ein unsauber dekodiertes Videoband sein, aber Penny beharrte störrisch darauf, daß es Musik sein müsse. Warum eigentlich nicht? Vielleicht nannten die Aliens es nicht einmal Musik, und vielleicht diente die Musik bei ihnen einem ganz anderen Zweck. Aber sie würde alles, was mit Geräuschen und/oder Schwingungen zu tun hatte, als Musik bezeichnen, bis jemand eine bessere Idee hatte.

Natürlich brachte sie damit nur das zum Ausdruck, was das Archivprogramm ihr verriet, denn die Software hatte ihr zu verstehen gegeben, daß die Daten am ehesten als Musik gelten konnten. Das Archivprogramm konnte sich natürlich irren, denn im Grunde war es nicht mehr als ein Aufzeichnungs- und Wiedergabegerät. Es besaß nicht einmal eine bescheidene elektronische Intelligenz, von einem Gehirn wie dem des Roboters ganz zu schweigen. Vielleicht, dachte sie, konnte sie versuchen, die Daten neu zu formatieren, sobald sie das letzte Sternenlied der Traumtänzerin komponiert hatte.

Der Pilotensessel ruckte leicht und sank nach unten

»Zwanzig Sekunden bis zum Eintritt in das unbekannte Flugobjekt« sagte Don, der vor dem Pult stand. Er schaute entschuldigend zu ihr hinauf. »Alle auf ihre Posten. Und wenn es eine Chance gibt, die Kontrolle über die *Jupiter 2* zurückzugewinnen, dann will ich es versuchen.«

»Wozu?« fragte Penny, als sie auf Augenhöhe mit ihm war.

»Dies könnte im Umkreis von Millionen Lichtjahren die einzige Quelle für atembare Luft sein, von Nahrung und Wasser ganz zu schweigen.«

»Es hängt davon ab, wie wichtig dir das ist«, gab Don zurück. Er fuhr den Stuhl ganz herunter. »Ich würde lieber die Luft der Freiheit atmen und nicht die von jemand anderem.«

»Was macht das schon für einen Unterschied?« beharrte Penny. »Lebendig ist lebendig und tot ist tot.«

»Es gibt ein Leben an einem Frühlingstag auf dem Land, und es gibt ein Leben in einer türkischen Gefängniszelle«, sagte Don. »Macht das einen Unterschied?«

»Eigentlich nicht«, sagte Penny störrisch. »Beides sind Dinge, die es bei meiner Geburt schon nicht mehr gab.« Sie ging zur Videokontrolle und schnallte sich an.

Zachary Smith wachte mit zuckenden Augenlidern auf. Blinzelnd stemmte er sich auf einen Ellenbogen hoch und versuchte sich an irgend etwas zu erinnern, egal, an was. Es gelang ihm nicht. Das einzige, was er mit Sicherheit sagen konnte, war, daß er immer noch auf der verdammten *Jupiter 2* festsaß und nicht aus süßen Kiss-Träumen erwacht war, weil sein Kopf weh tat wie die Hölle. Nein, wie zwei Höllen.

Er richtete sich langsam auf, bis er saß, und zuckte zusammen, als er die Füße auf den Boden stellte. Er hatte nicht nur Kopfschmerzen, ihm tat der ganze Körper weh. Was, in Gottes Namen...

Dann schaffte er es, sich auf den flackernden Lichtfleck zu konzentrieren. Es war der Bildschirm über seinem Schreibtisch. Die Robinsons überspielten ihm freundlicherweise die Aussicht, die sie von der Brücke aus hatten, so daß er wie alle anderen verfolgen konnte, wie sie gefangen und von Aliens gefrühstückt wurden (oder was auch immer), mit denen verglichen die metallfressenden Spinnen niedliche Schoßhündchen gewesen waren.

»Hübsch«, sagte er, als das von Metallplatten umgebene Loch immer größer wurde, bis es den ganzen Bildschirm ausfüllte. Er schlurfte zum Schreibtisch und schaltete die Sprechanlage ein. »Vielen Dank für die Fernsehunterhaltung, aber ich würde lieber einen anderen Film sehen, wenn es euch nichts ausmacht. Schaltet meinen Monitor ab.«

»Ich hätte nichts dagegen«, gab John Robinson zurück, »aber wir haben Ihren Monitor nicht eingeschaltet.«

»Anscheinend wollen unsere Gastgeber vermeiden, daß Sie auch nur einen Augenblick des spannenden Schauspiels verpassen, Smitty«, fügte Don West hinzu. »Also machen Sie es sich am besten gemütlich, legen Sie die Füße hoch und halten Sie den Mund.« Der Lautsprecher wurde abgeschaltet. Smith drückte auf ein paar Knöpfen herum, aber das Bild ließ sich tatsächlich nicht abstellen. Auf dem Bildschirm wich die Dunkelheit plötzlich einer recht gut beleuchteten Höhle oder einem Tunnel, dessen Lampen als gepunktete, parallele Linien in der Ferne zusammenliefen.

Er näherte sich dem Bildschirm, und auf einmal zuckte eine Art greller Blitz über seinen Schädel, der in die Augäpfel einschlug. O Gott, jetzt wußte er, was mit ihm los war.

Mit vorsichtigen, nicht zu schnellen Bewegungen, weil er fürchtete, sein Kopf könnte explodieren, fischte Smith seinen Vorrat Kiss aus dem Nachtschränkchen und verabreichte sich einen Tropfen aus der Pipette. Die dreißig Sekunden, die es dauerte, bis die Droge wirkte, waren die längsten seines Lebens. Aber danach spielte das alles natürlich keine Rolle mehr. Ihm war danach so ziemlich alles egal, abgesehen von dem lebenswichtigen Vorsatz, jederzeit seinen gesamten, selbstgebrauten Vorrat bei sich zu haben.

Besagter Vorrat war auf drei Flaschen verteilt, die ungefähr drei Wochen reichen sollten. Wo waren die Rohstoffe, die Zutaten? Er zog die Packungen mit Antihistaminen und Aminosäuren aus der unteren Schublade, zögerte und stopfte sie sich schließlich hinten in die Hosen. Okay, jetzt war er zu allem bereit.

Er kehrte zum Monitor zurück. Die Lichter hatten sich verändert, und man konnte nicht mehr genau erkennen, wie die Umgebung aussah. Die langen Reihen der Lichter waren noch zu sehen, doch schien es, als würde sich das Schiff jetzt einer Art Landeplattform nähern. Hob sie sich dem Schiff entgegen, oder sank das Schiff zu ihr hinunter?

Beides, erkannte er kurz danach und setzte sich vor den Monitor. Er hatte sowieso nichts Besseres zu tun, also konnte er sich die Vorstellung auch ansehen. Er war vorbereitet, und wer weiß – Alien hin und Alien her, er war bereit, jede Wette einzugehen, daß sogar Aliens gegen gewisse Genüsse nichts einzuwenden hatten. Oder, um es genauer zu sagen, auch Aliens hatten sicherlich nichts dagegen, sich zu bedröhnen. Keine Kultur, in der es nicht auch eine Nische für Drogenhändler gab.

Die leichte Erschütterung, mit der sie aufsetzten, war eigentlich kaum zu spüren, aber Judy fuhr der Ruck trotzdem in alle Knochen, und sie konnte sehen, daß es den anderen genauso erging wie ihr. Das Schweigen, das sich über die Brücke senkte, war so lastend und unheildrohend, daß sie fürchtete, sie würde nie wieder ein gesprochenes Wort vernehmen.

Aber dann brach Penny das drückende Schweigen mit einer Stimme, die so hell und klirrend war wie ein Eiszapfen: »Sind wir jetzt da?«

4

Eine Stunde später saßen sie immer noch auf ihren Posten auf der Brücke, während der Roboter klickend und summend vor dem Navigationspult stand. Will hatte seinen Vater überredet, die Maschine untersuchen zu dürfen, aber als er sich ihr nähern wollte, streckte sie einen Arm aus und wehrte ihn ab: »Gefahr, Will Robinson, Gefahr!« Will konnte keine Gefahr erkennen, und er wußte, daß der Roboter weder magnetisiert noch elektrisch aufgeladen sein konnte, weil er noch funktionierte, aber er gehorchte trotzdem, wich zurück und versuchte, wenigstens die verschiedenen Betriebszustände zu verfolgen, zwischen denen der Roboter wechselte.

Manchmal schien es, als würde er von einer Quelle außerhalb der *Jupiter* 2 Informationen empfangen, bei anderer Gelegenheit kam es Will eher so vor, als würde der Roboter Daten aus den Speichereinheiten des Schiffs abrufen, zu denen er vorher noch keinen Zugang gehabt hatte.

Hin und wieder schien er auch Sendungen in einer Hochgeschwindigkeits-Maschinensprache abzustrahlen, die Will an keine der Programmiersprachen erinnerte, die er kannte. Er nahm jedenfalls an, daß es sich um eine Maschinensprache handelte, denn es klang wie ein Vogelschwarm, der sich an Aufputschmitteln gütlich getan hatte.

Dann kam eine Phase, in welcher der Roboter mit sich selbst zu sprechen schien und aufmerksam seinen eigenen Worten lauschte. Will konnte nicht erkennen, was das zu bedeuten hatte; ob der Roboter etwas auswendig lernte, oder ob er beide Anteile eines Dialogs, den er mit einem anderen Intelligenzwesen oder einer Maschine führte, laut aussprach.

Was auch immer mit dem Roboter geschah, die neu gruppierten Prozessoren, die Will eingebaut hatte, schienen der Aufgabe gewachsen zu sein. Der Roboter führte immer komplexere Operationen in immer größerer Zahl durch. Wenn er nur Zugriff auf umfangreichere Ressourcen gehabt hätte als auf die schwindenden Vorräte der *Jupiter 2*, dann wäre Will vielleicht sogar fähig gewesen, den Roboter vor dem abzuschirmen, was da auf ihn zugegriffen hatte.

Und auf einmal, als hätte jemand einen Befehl gegeben, wirbelte der Roboter zu Will herum. Nach einer kurzen Pause wandte er sich an Penny, dann an seine Mutter und dann nacheinander an alle anderen, als wollte er sich ihre Gesichter einprägen – oder ihre Bilder übertragen?

»Übersetzung vollständig«, sagte der Roboter. Der Klang der mechanischen Stimme hatte sich verändert. Es kam Will jetzt beinahe so vor, als würde eine lebendige Person durch die Maschine sprechen und nicht das Elektronengehirn der Maschine selbst. Er hatte es sich nicht nur eingebildet, denn er konnte sehen, daß Penny und seine Mutter es offenbar auch gehört hatten. Er bekam eine Gänsehaut, und es kribbelte ihm im Nacken. War der Roboter überhaupt noch ein Roboter? *Sein* Roboter?

Dann hörte er, wie die Außentür geöffnet wurde, und sein Magen sackte durch, als würde er in einem Houstoner Wolkenkratzer mit dem Expreßlift nach oben fahren – zweihundert Stockwerke in zweihundert Sekunden oder so. Er drehte sich um und begegnete Pennys Blick. Sie lächelte beinahe, und ihm wurde klar, daß sein eigener Gesichtsausdruck dem ihren ähnlich sein mußte. Ganz egal, was als nächstes gesche-

35

hen würde, es würde ihnen so oder so einen großen Teil der Spannung nehmen.

Zuerst traute Will seinen Augen nicht, als er das Ding auf die Brücke der *Jupiter 2* rollen sah. Dann sah er die seltsamen Halbkreise aus Metall auf dem Arm hin und her wackeln, als es zuerst zu seinem Vater rollte, und er wußte, daß es keine Illusion war. Wer oder was auch dahintersteckte, er oder es hatte eine exakte Kopie ihres Roboters hergestellt.

Wer, entschied er sich. Wer und nicht was. Es erforderte eine menschenähnliche Intelligenz, auf eine solche Idee zu kommen. Etwas zu kopieren, das den Besuchern vertraut war, um ihnen zu zeigen, daß man sie verstand und sich ungefähr auf der gleichen Ebene befand und ihnen nichts Böses wollte, war etwas sehr Menschliches. Er warf Penny einen verstohlenen Blick zu, als sie einen der Halbkreise von der Maschine entgegennahm und sich auf den Kopf setzte. Ein Stirnband?

Ach was, du Idiot, schalt er sich selbst, *das sind Kopfhörer. Kopfhörer, mit denen wir die Übersetzung hören können.*

Er nahm den vorletzten Kopfhörer, dann fuhr der Roboter weiter zu Smiths Kabine, doch Smith stand schon mit glasigen Augen in der Tür. Er sah aus wie Kerl mit einem Kater am Morgen danach.

»Ich dachte, der Showteil unserer Reise wäre vorbei«, sagte Smith mit schwerer Zunge.

Der neue Roboter hielt ihm den Kopfhörer hin, und Smith sprang erschrocken zurück. Erst jetzt bemerkte er, daß zwei Roboter anwesend waren. »Wo habt ihr den zweiten her?« wollte er wissen.

»Das ist entweder ein unglaublicher Zufall oder ein Friedensangebot«, erklärte Will. Er setzte sich den Kopfhörer auf und sah zu seinem Vater.

John Robinson, der sein Exemplar schon aufgesetzt hatte, nickte erwartungsvoll. »So oder so, ich hoffe, du hast recht, Will.«

»In gewisser Weise hat er recht«, sagte eine neue Stimme,

die aus dem Lautsprecher des neuen Roboters kam. Der Lautsprecher war von der Sorte, wie Penny sie für ihre Musikanlage auf der Erde benutzt hatte, nur daß die Qualität noch besser zu sein schien. Die Stimme klang tief und melodisch, und es war nicht genau zu erkennen, ob es sich um eine Männer- oder eine Frauenstimme handelte.

»Darf ich vielleicht einwenden, daß ein Synonym für ›Entschlossenheit‹ ein schöner Name für eine Person ist? Wohingegen die Benennung eines anderen Mitglieds eurer Gruppe nach der kleinsten Währungseinheit eher kontraproduktiv zu sein scheint.«

Will sah rasch zu Penny. Er konnte sich ein Grinsen nicht verkneifen. »Offensichtlich eine hoch entwickelte Zivilisation. Ich glaube, du wirst hier Probleme kriegen, Schwesterherz.«

Seine Schwester brachte ihn mit einer Handbewegung zum Schweigen. »Das ist eine Eigenart unserer Sprache, die wir erklären können«, sagte sie, die Worte langsam und sorgfältig wählend. »Aber wem sollen wir sie erklären?«

»Mit wem redest du da überhaupt?« warf Smith wütend ein. Er hatte sich den Kopfhörer noch nicht aufgesetzt. Er schaute verwirrt in die Runde, und anscheinend war ihm etwas übel.

»Setzen Sie den Kopfhörer auf«, forderte Judy ihn auf.

Smith gehorchte. Dann sah er sich um. »Und? Was jetzt? Was soll ich jetzt hören?«

»Das Meer, Smith«, sagte Don. »Nein, warten Sie, ich hatte es vergessen. Es ist genau anders herum. Wenn ich Ihren Kopf an mein Ohr halten würde, dann könnte ich das Meer hören.«

Will unterdrückte ein Lachen, und Smith sah den Piloten böse an. »Sie können das Meer immer hören, Sie schnatternder Neandertaler, ganz egal, was Sie sich ans Ohr halten.«

»Und warum«, drang die Stimme aus dem Roboter, »ist sich dieser hier der Natur der Herausforderung nicht völlig bewußt?«

Smith zuckte zusammen. Will bemerkte, wie sein Vater zuerst ihn, dann Don und dann Judy leicht amüsiert ansah. »Vielleicht, weil es auch uns anderen nicht völlig bewußt ist.«

»Zuerst sollten wir essen«, fuhr die Stimme fort. »Erlauben es euch eure Sitten, eure Behausung zu verlassen?«

Will konnte nicht anders. Die Aussicht, irgendwo anders Auslauf zu bekommen und die *Jupiter 2* verlassen zu können, war unwiderstehlich. Er rannte zum Ausgang und hörte nicht auf seine Eltern, die ihn zurückrufen wollten.

5

Das erste, was Maureen an dem Alien auffiel, der breitbeinig über ihrem Sohn stand, war die quietschblaue Haut. Das graue, schmuddelige, einem Schlafanzug nicht unähnliche Kleidungsstück, das er trug, ließ die Hautfarbe sogar noch deutlicher hervortreten.

Ihre mütterlichen Beschützerinstinkte erwachten zum Leben. Sie wollte losstürmen und den Alien von Will wegschieben, sich zwischen ihr Kind und den Alien werfen und die Waffe ziehen, um das Ungeheuer zur Hölle zu schicken. Sie machte einen Schritt, aber im gleichen Augenblick bückte sich das Geschöpf und faßte Wills Oberarme mit schlanken, anmutigen Händen.

»Hände!« keuchte Judy, Ob erstaunt oder erleichtert, wußte Maureen nicht zu sagen. Wahrscheinlich beides. »Hände mit fünf Fingern abgesetzte Daumen. Wir sind eindeutig Verwandte, wenn auch keine sehr engen.«

»Nicht so vorschnell«, wandte Smith ein, der neben Judy getreten war. »Das kann man auch über Schimpansen sagen, und die haben sogar doppelt so viele abgesetzte Daumen wie wir.« Er hielt einen Augenblick inne. »Ausgenommen Major West.«

Will war unterdessen wieder aufgestanden. Der Alien, dessen Geschlecht nicht erkennbar war, hatte ihm die Hände auf die Schultern gelegt, als wollte er die Beschaffenheit der Haut oder seine Körpertemperatur fühlen. Er oder sie wirkte durchaus menschlich, wenn man von der blauen Haut einmal absah. Das lange Haar war zu dicken Zöpfen geflochten, die im Augenblick hinter Kopfhörern eingeklemmt waren, welche denen glichen, die man ihr und den anderen gegeben hatte.

Sie sah an dem Wesen vorbei in den Gang, oder was immer es auch sein mochte, wo die Reihen der Lichter hinter einer Biegung verschwanden. Dort war niemand sonst zu sehen, kein Trupp Soldaten und keine Abteilung von Polizisten oder etwas Vergleichbares. War dieses Wesen wirklich allein gekommen, um sie zu begrüßen?

Der Alien wandte sich an sie. Es kam ihr so vor, als wären die Gesichtszüge ein wenig orientalisch. Oder doch eher polynesisch? Oder wie bei den Maori? Sie glaubte, von allem ein bißchen zu sehen, vermutete dann aber, daß die Eindrücke sich möglicherweise durch den Blickwinkel veränderten, bis sie sich an den Anblick gewöhnt hatte. Vorausgesetzt natürlich, hier waren alle Einwohner blau und miteinander verwandt. Allerdings durfte man das nicht unbedingt voraussetzen. Nein, das konnte man nicht so einfach annehmen...

Der Alien kam zu ihr und hob beide Hände, als wollte er sich ergeben. »Eure Nähe wird nicht nur geduldet, sondern ist willkommen. Hallo.«

Die Worte, die sie im Kopfhörer vernahm, paßten nicht zu den Bewegungen der schmalen Lippen. Aber sie hoffte, daß wenigstens der Tonfall korrekt übertragen wurde. Es war jene wohlklingende, tiefe Stimme, die sie bereits durch den Lautsprecher des kopierten Roboters gehört hatten.

»Dies hier«, sagte Maureen, indem sie auf den Kopfhörer tippte, »ist wirklich ein interessantes Gerät.«

Die Augen des Alien waren gleichförmig schwarz, kein weißer Augapfel und keine erkennbare Iris. Und sie schienen trocken und nicht feucht zu sein. Die Augenlider blinzelten nicht. »Ein Vermächtnis der ersten Besucher, an die wir uns erinnern können. Den Berichten zufolge war die Welt der Besucher so groß wie eure, doch sie hat versagt. Sie wollten sprechen und hören und lehrten diese Maschinen, ihnen dabei zu helfen. Die Maschinen haben uns gezeigt, wie man weitere von ihnen herstellt.« Die glänzenden schwarzen Augen des Alien wanderten zu den beiden Robotern.

»Eure Maschine hat uns etwas über euch gelehrt und uns noch viele andere Dinge gezeigt, die wir nicht verstanden haben.« Jetzt schaute der Alien zur *Jupiter 2*. »Wir konnten uns nicht vorstellen, daß intelligente Wesen in einer extrem kleinen Welt wie dieser leben können. Habt ihr etwas in euren Gerüchen, das die Annäherungskrankheit verhindert?«

Maureen zögerte. »Meine Güte, wir haben aber wirklich viel zu besprechen«, sagte sie schließlich.

Don ging als letzter ein paar Schritte hinter der Gruppe, direkt hinter den beiden Robotern, als der Alien sie durch den Tunnel führte. Don hielt sich gerade weit genug zurück, um genügend Ellbogenfreiheit zu haben, damit er alles erledigen konnte, was von vorn oder von hinten plötzlich über sie herfallen mochte; aber nicht so weit, daß er ohne weiteres von den anderen getrennt werden konnte – beispielsweise durch Roboter, deren Programmierung mit unangenehmen Überraschungen aufzuwarten hatte. Bisher hatten die beiden Maschinen jedoch nichts weiter getan, als gehorsam hinter den Menschen herzurollen. Falls ihnen die Gegenwart des jeweils anderen überhaupt bewußt war, dann ließen sie es sich nicht anmerken. Vielleicht schenkten sie sich gegenseitig die gleiche Aufmerksamkeit wie zwei Dosen Suppe, solange man ihnen nicht ausdrücklich den Befehl gab, einander wahrzunehmen.

Es war alles friedlich, ganz anders als bei ihrem letzten Ausflug auf ein anderes Schiff, aber es war eine ziemlich verrückte Situation. Wenn man sah, daß die Lippenbewegungen des Alien nicht zu den Worten paßten, die aus den Kopfhörern drangen, dann fühlte man sich unwillkürlich in einen dieser alten, nicht-digitalen Filme versetzt. Er hatte einmal mit einem Mädchen ein Festival der antiken Unterhaltungsindustrie besucht, weil er gehofft hatte, sie würde sich für ihn erwärmen, wenn er ihr Interesse teilte. Am Ende hatte er mit fünfhundert anderen Leuten in einem dunklen Raum gesessen. Die Besucher hatten wie besessen Popcorn und Schokoriegel gefuttert und auf einer Leinwand alte Schauspiele angesehen. Einige der Schauspiele – nein, Kinofilme hießen sie – waren ursprünglich in einer Fremdsprache hergestellt und dann synchronisiert worden. Es hatte verrückt ausgesehen, wie die Münder etwas anderes zu sagen schienen als die Worte, die man jeweils hören konnte. Die ganze Zeit über hatte er das Gefühl nicht abschütteln können, daß das, was er hörte, mit dem, was die Leute auf der Leinwand sagten, im Grunde nicht viel zu tun hatte. Genau das gleiche Gefühl hatte er auch jetzt.

Wie konnte eine Kultur, so fortgeschritten sie auch war, Übersetzungsgeräte für eine Sprache bauen, die man hier noch nie gehört hatte? Das war doch einfach nicht möglich. Er brauchte kein Professor zu sein, um das zu verstehen. Nicht, daß er so dumm war, wie dieser Schniesel Smith ihn immer darstellen wollte, aber wie sein alter Kumpel Jeb immer gesagt hatte, war es ein sicheres Zeichen dafür, daß man nicht der Dümmste war, wenn man sich nicht für den klügsten Menschen des Universums hielt. Aber wie funktionierten diese Übersetzungsgeräte denn nun? Ob Big Blue, der da vorn die Führung übernommen hatte, davon etwas verstand? Oder war der Alien nur ein Handlanger?

Er spürte, wie der Tunnel allmählich abschüssig wurde. Die Neigung wurde steiler, bis es schließlich wieder ebenerdig weiterging. Dann blieb der Alien stehen. Sie befanden sich jetzt auf einem breiten Sims oder einer Plattform. Nein, es war eine Art Bahnsteig wie in einer altmodischen Untergrundbahn. Sie hielten sich dicht beisammen, und Don wanderte langsam hin und her und versuchte, möglichst unauffällig aufzupassen, daß niemand sich zu weit entfernte oder plötzlich aus der Gruppe gerissen wurde.

Mehrere Tunnel kreuzten sich, in allen waren Lichter zu sehen, die in der Ferne kleiner wurden, ein Tunnel war vom anderen nicht zu unterscheiden. Don versuchte zu schätzen, wie tief sie ins Innere der Hohlwelt eingedrungen waren. Nicht sehr tief, dachte er. Sie waren erst knapp unter der Oberfläche. Vielleicht verliefen die Transport- und Kommunikationseinrichtungen in der Nähe der Oberfläche und umgaben den Wohnbereich wie eine Hülle. Auf diese Weise war man im Innern zusätzlich geschützt, auch wenn das die Entfernungen vergrößerte. Er fragte sich, wie sie es geschafft hatten, dies alles herzustellen, falls sie es überhaupt hergestellt hatten. Dann fiel ihm ein, was er im Geschichtsunterricht über die Chinesen gelernt hatte, die im neunzehnten Jahrhundert in den USA bei den Eisenbahnunternehmern gearbeitet hatten. Er fühlte sich nicht wohl bei diesem Gedanken.

Er spürte die Bewegung, bevor er sie sah. Dann blendete ein dunkler Umriß die Lichter aus, und es knackte in den Ohren, als der Luftdruck stieg. Es zischte, es roch nach Öl, und ein Objekt, das gewisse Ähnlichkeiten mit einem geschlossenen Güterwagen hatte, auch wenn es mehrere Nummern kleiner war, hielt seufzend vor dem Bahnsteig.

Ein Güterwagen? Unfug. Es war eine Untergrundbahn. Don amüsierte sich einen Augenblick über das altmodische Wort, und dann erinnerte er sich wieder an die Chinesen im Amerika des neunzehnten Jahrhunderts. Das unangenehme Gefühl kehrte verstärkt zurück, als er mit den anderen einstieg und sich, eine Hand an die Waffe gelegt, einen Platz suchte, von dem aus er den Eingang überblicken konnte. Als ob er etwas über die alten amerikanischen Schienenfahrzeuge wüßte, dachte er. Er hatte ja noch nie im Leben eine Untergrundbahn gesehen.

Vielleicht hätte er damals im Geschichtsunterricht etwas besser aufpassen sollen.

Die Fahrt verlief reibungslos, abgesehen von einigen kleinen, sanften Erschütterungen. So ähnlich, dachte Judy, mußte es sein, an einem ruhigen Tag in einem Zeppelin zu sitzen, auch wenn sie hier unterirdisch fuhren. Das Licht im Wagen erinnerte sie an die antike Lampe, mit der sie damals auf der Erde ihr Schlafzimmer geschmückt hatte. Es war eine echte Art Deco- Bodenlampe mit einem Messingstiel gewesen. Sie hatte das wertvolle Stück einer Schulkameradin überlassen und ihr aufgetragen, es ja nicht zu verlieren oder zu verkaufen, weil sie es sich eines Tages wieder abholen würde.

Sie unterdrückte den Anflug von Nostalgie und Heimweh und konzentrierte sich auf die Umgebung. Die Sitze waren ringsherum an den Wänden befestigt. Sie waren nicht gepolstert. Der Innenraum schien einer Untergrundbahn wirklich sehr ähnlich, wenn man von dem blauen Alien einmal absah. Das weiche Licht kam aus kleinen Lampen, die in Augenhöhe in die Wände gesetzt waren.

Ihr Blick wanderte wieder zu dem blauen Geschöpf. Es hatte seinen Namen nicht genannt und sie nicht nach ihren Namen gefragt, obwohl Namen doch in jeder Kultur ein wichtiges Element waren, um Individuen voneinander unterscheiden zu können. Vielleicht war der Name eine äußerst private oder sogar intime Angelegenheit, so daß man sich nur gegenseitig die Namen verriet, wenn man sich sehr nahe stand. Vielleicht gab es hier nicht einmal Namen, die man als Wort aussprechen konnte. Vielleicht konnte man die Namen nur mit Hilfe der Körpersprache zum Ausdruck bringen, oder man mußte grunzen oder ausholende Gesten und alle möglichen Geräusche machen?

Ob diese Übersetzungsgeräte wirklich nichts weiter waren als das, was sie zu sein schienen? Oder steckte noch mehr dahinter? Etwas, das man nicht auf den ersten Blick erkennen konnte?

Sie hatte die Ohren des Alien noch nicht gesehen, denn sie wurden vollständig von den Kopfhörern bedeckt. Sie konnte also nicht sagen, ob seine Ohren menschlichen Ohren äußerlich ähnlich waren. Was die Augen des Alien anging, so mußte sie sich fragen, wie das Geschöpf mit diesen dunklen, trockenen Organen überhaupt etwas erkennen konnte.

Sie fragte sich, wie die örtlichen Gebräuche hinsichtlich medizinischer Untersuchungen und wissenschaftlicher Neugierde aussahen. Der Alien hatte etwas von Lernen und Lehren erzählt, also konnte ihnen die wissenschaftliche Wißbegierde doch nicht fremd sein, oder?

Das Schlimmste, dachte Smith, waren die Augen. Als hätte man zwei Stücke Kohle in das flache, blaue Gesicht gesteckt. Er war bereit zu wetten, daß die Hautfarbe künstlich erzeugt wurde und nicht natürlicher war als die silbernen Rastalocken, die man manchmal bei Medienstars sah. Aber die Augen – mein Gott, was waren das für Dinger? Wie zwei Stücke schwarzer Quarz, die man von einem größeren Brocken abgeschlagen hatte. Vielleicht von einem Kometen oder Meteor. Er hatte die Augen zunächst nicht für brauchbare Sehorgane gehalten, dann aber bemerkt, wie sie sich bewegt hatten. Ihm wurde fast übel bei diesem Anblick. Dabei war er nie besonders zimperlich gewesen. Man konnte nicht zimperlich sein, wenn man als Arzt arbeiten wollte. Aber diese... diese ›Organe‹ zu sehen, wie sie sich nach oben und unten und nach links und rechts bewegten, ohne auch nur einmal zu blinzeln, das drehte ihm fast den Magen um. Auch wenn er beim besten Willen nicht sagen konnte, warum ihm das so zu schaffen machte.

Vielleicht sollte er so tun, als wäre er müde oder krank oder sogar beides. Andererseits konnte es aber auch tödlich sein, hier irgendeine Schwäche zu zeigen. Das war auch an vielen Orten der Erde gefährlich, wo Augen richtige Augen waren und wo die Farbe Blau dem Himmel vorbehalten war und nicht als Hautpigment vorkam. Wer konnte schon wissen, wie hier die Dinge standen? Nein, wenn er es recht bedachte, wäre es wahrscheinlich am besten, vorläufig den Mund zu halten.

Er schlug die Beine übereinander und zuckte zusammen. Er hatte das improvisierte Versteck für die Kiss-Rohstoffe vergessen. Maureen Robinson hatte das leichte Zucken bemerkt und hob fragend die Augenbrauen. Er bemühte sich, den Eindruck zu erwecken, es wäre alles in bester Ordnung.

»Stimmt was nicht, Smith?«

Auch John Robinson sah ihn jetzt an, wie üblich eine Augenbraue mißtrauisch gehoben.

»Ein kleiner Krampf«, erwiderte Smith und rückte ein wenig auf dem etwas zu schmalen Sitz herum. »Mir geht es gut.«

»Das will ich doch hoffen«, schaltete Don West sich ein. Er beugte sich vor. »Und Sie werden auch ganz bestimmt ein braver Junge sein, nicht wahr, Smitty?«

»Nennen Sie mich nicht Smitty!«

Judy legte Don West eine Hand mitten auf die Brust und schob ihn sanft zurück. Sie schüttelte den Kopf, warf einen vielsagenden Blick zum Alien und sah dann wieder Don West an. Sie schien recht besorgt und beunruhigt zu sein.

Don hatte den Impuls, sie zu trösten und zu beruhigen und irgend etwas Aufmunterndes zu sagen. Doch er preßte nur die Lippen zusammen und wandte den Blick ab. Dr. Judith Robinson war keine Frau, der man einfach die Hand tätschelte, und alles war wieder gut. Außerdem wäre ihm sowieso nichts eingefallen, was er hätte sagen können.

Und jetzt starrte ihn auch noch dieses blaue Ding mit diesen widerlichen schwarzen Augen an. Er glaubte jedenfalls, daß der Alien ihn anstarrte. Das Gesicht war in seine Richtung gedreht, und die ekelhaften schwarzen Dinger bewegten sich auf und ab und auf und ab, als würde der Alien Don West eingehend begutachten wollen. Don West beherrschte sich mühsam und tat so, als interessiere er sich brennend für die langweilige Inneneinrichtung des Wagens. Inzwischen starrten ihn alle anderen an, abgesehen von Penny, die schmollend den Fußboden oder die Zehen ihrer lächerlichen Samtschuhe betrachtete.

»Wollt ihr was von mir?« fragte er schließlich.

»Sie sind nicht glücklich an demselben Ort«, sagte der Alien. Allerdings kam das Wort ›glücklich‹ verzerrt und kratzend heraus.

»Was soll ich nicht sein?« fragte Smith erstaunt.

»Das geschieht immer, wenn das Übersetzungsgerät etwas übermitteln will, das sich mit den verfügbaren Vokabeln nicht sinnvoll darstellen läßt. Das Wort klingt dann seltsam.«

»Ich habe jedenfalls nicht verstanden, was das bedeuten sollte«, erwiderte Smith fest. Er lehnte den Kopf an und schloß die Augen. Wenn er Glück hatte, konnte er vielleicht sogar einschlafen und sich für die nächsten Stunden einfach abmelden, bis es Zeit wurde für die nächste Dosis Kiss...

Das Beförderungsmittel bremste ab und hielt an, und einen Moment später klickten Sperren. Will schauderte unwillkürlich. Jetzt würde sich die Tür öffnen, und sie würden... irgend etwas sehen. Er fand die Angst, die ihn durchströmte wie ein eiskalter Gebirgsbach, völlig vernünftig und verständlich, auch wenn er es nicht hätte erklären können, ohne sich zum Narren zu machen. Es war so ähnlich wie damals, als er zum ersten Mal durch ein Mikroskop geblickt hatte. Die Angst war aus dem Nichts gekommen, durch nichts aus dem Nichts heraufbeschworen. Er hatte keine Ahnung, was diese Angst ausgelöst hatte, als er durchs Mikroskop schauen wollte. Es war nicht einmal ein Elektronenmikroskop oder eine Einspielung aus dem MicroNet gewesen, sondern ein einfaches, altmodisches Tischmikroskop mit drei Linsen und nur einem Okular, das schon seit ewigen Zeiten in Gebrauch war. Will hätte diesen Ausbruch von Angst nicht beschreiben können – und schon gar nicht seiner Mutter oder Judy, die über großes biologisches Wissen verfügten. Er hatte sich damals sogar selbst für leicht verrückt gehalten.

Jetzt war die Angst wieder da, und sie hatte nicht sehr viel mit den Gefahren zu tun, die sich aus der Gegenwart dieses Wesens ergeben mochten, oder auch aus der Tatsache, daß es sie möglicherweise in den sicheren Tod führte. Das war gewiß ein Teil davon, aber es war bei weitem nicht alles und nicht einmal der größte Teil seiner Angst.

Es ist einfach unheimlich, dachte er. *Manche Sachen sind unheimlich, wenn man sie anschaut, und es ist besser, man macht von vornherein die Augen zu...*

Aber dann ging die Tür auf, und er schaute trotzdem hinaus, sah es sich an und war unfähig, den Blick wieder abzuwenden.

Wenigstens, dachte er benommen, waren es keine bösartigen, mit Reißzähnen bewaffnete, metallfressende Spinnen, und es war auch keine Horde mutierter Bakterien, die eine Million mal größer waren als die übliche Sorte.

Eigentlich, dachte er, war es sogar ein bißchen enttäuschend.

Im Inneren der Hohlwelt war eine Stadt.

Penny riß die Augen auf und wünschte sich, sie hätte ihr Aufzeichnungsgerät mitgenommen. Sie mußte sich die Beobachtungen mit Hilfe treffender Formulierungen einprägen und konnte nur hoffen, daß ihr die passenden Worte später wieder einfallen würden, damit sie ihre Eindrücke aufzeichnen konnte. Aber wann würden sie an Bord der *Jupiter 2* zurückkehren? In einer Stunde, in einem Tag, in einem Monat?

Nein, das würde sie nicht aushalten, dachte sie, als sie den Wagen verließ und auf den Bahnsteig hinaustrat. Ein Monat war viel zu früh, um in das Schiff zurückzukehren. Selbst sechs Monate wären eine viel zu kurze Zeitspanne. Es kam nicht in Frage, es kam absolut nicht in Frage, daß irgend jemand sie in diese Blechdose zurückschickte, nachdem sie das hier gesehen hatte. Wo auch immer sie jetzt war, es spielte keine Rolle. Es war eine Stadt in der Hohlwelt, vielleicht eine Million mal größer als Houston, irgendwo im Weltraum und, bei Gott, einfach wunderschön.

Sie saugte den Anblick in sich auf. Sie standen auf einem erhöhten Bahnsteig inmitten eines Viertels, das sie in einer irdischen Wohnkuppel als Basar bezeichnet hätte. Aber im

Grunde befanden sie sich ja sogar in einer Wohnkuppel, nämlich in der größten Wohnkuppel, die wohl je ein Mensch gesehen hatte. Außer ihr selbst natürlich, dachte sie. Sie drehte sich zu dem Alien um.

Das Wesen beobachtete ihre Familienangehörigen, die staunend die bunten, von innen beleuchteten Stände betrachteten. Manche bestanden aus kaum mehr als einem Stück durchsichtiger Folie, die man über hell leuchtende Pfosten gespannt hatte. Sie konnte dort unten Bewegungen ausmachen. Menschen? Noch mehr Aliens? Roboter? Die Wesen bewegten sich auf Wegen zwischen den Zeltreihen, aber aus dieser Höhe, mehr als sechzig Meter über dem Basar, war schwer zu erkennen, was die Wesen dort unten taten.

Ach, das ist doch einfach lächerlich, dachte sie. *Was macht man denn in einer Stadt? Die gehen bummeln. Alle intelligenten Wesen gehen bummeln. Das Bedürfnis, zu bummeln und einzukaufen ist es, das uns von Tieren unterscheidet.* Sie legte sich eine Hand auf den Mund, um ihr Lächeln zu verbergen. Will wäre hysterisch herausgeplatzt, wenn sie ihm ihre Gedanken verraten hätte. Aber es mußte so sein, wie sie dachte. Denn warum sonst hätte die Gegend so sehr einem *Einkaufszentrum* ähneln sollen?

John Robinson trat von der Glaswand zurück (vielleicht war es Glas, vielleicht auch nicht, aber er wußte kein besseres Wort dafür) und betrachtete Maureen, dann seine jüngste Tochter. *Bitte*, flehte er Penny in Gedanken an, *bitte paß jetzt genau auf und versuche, mehr zu sehen als nur die hübschen Lichter und Farben.*

In gewisser Weise war ihm klar, daß er seiner Tochter gegenüber nicht fair war. Im Grunde wußte er genau, daß er von der Halbwüchsigen, die viel zu lange mit immer denselben Leuten in einem viel zu kleinen Raumschiff eingesperrt gewesen war, nicht zuviel erwarten durfte. Der Anblick dieses bunten Getümmels nach dem öden, leeren Weltraum und nach der Gefangenschaft an Bord der *Jupiter 2* machte sogar ihn selbst etwas benommen. Ohne die eiserne Selbstbeherrschung, die er seit acht oder neun Monaten übte, damit er nicht durchdrehte und etwas Bizarres oder Schreckliches tat, hätte er glatt hysterisch werden können.

Immerhin scheint es die Überlebenschancen stark zu erhöhen, wenn man ein verklemmter, verkrampfter Angehöriger der Mittelschicht ist. Was Penny wohl sagen würde, wenn er sie zur Seite nahm und es ihr erzählte?

Maureen schaute ihn an, und ihr Gesicht verriet, wie bewegt sie war. Verschiedene Emotionen liefen kunterbunt durcheinander, wenn er seine Frau richtig einschätzte. »Erinnert dich das an irgend etwas?« fragte er sie.

»Eine Wohnkuppel«, sagte sie sofort. »Es ist... ja, es ist tatsächlich eine riesige Wohnkuppel.«

»Das dachte ich auch schon«, warf Penny überrascht ein.

»Oh, wirklich?« bemerkte Will. »Was für eine ungeheuer intelligente Einschätzung. Ich hätte mir so was nie ausdenken können. Wie bist du nur darauf gekommen?«

»Halt die Klappe.« Penny kehrte ihm beleidigt den Rücken.

»Genau das ist es. Es ist eine Wohnkuppel im Weltraum.«

»Euch ist doch klar, was das bedeutet, oder?« Maureen sah zwischen John und Penny hin und her. Er nickte. »Dies hier wurde gebaut, damit Leute darin leben können.«

»Äh, Dad«, meinte Will, »ich will ja nicht frech werden, aber ist das, was Penny hat, etwa ansteckend? Ich meine, was ihr da sagt, das ist doch wohl offensichtlich.«

John lächelte seinen Sohn an. Maureen hatte oft den Eindruck, Wills frühreifer Intellekt sei wie ein Paar zu große Schuhe, in die er erst noch hineinwachsen mußte und über die er manchmal noch stolperte.

»Wir wollen damit sagen, Will, daß dieses Ding hier gebaut wurde, um darin zu leben, aber nicht, um darin zu reisen. Es handelt sich nicht um ein Raumschiff.«

»Und falls es jemals eines war«, fügte Maureen hinzu, die wieder zur Stadtlandschaft hinausschaute, »dann ist es das schon sehr, sehr lange nicht mehr.«

»Entschuldigung«, schaltete sich der Alien ein. John zuckte zusammen. Er hatte ihren Begleiter völlig vergessen. »Was ist ein Raumschiff?«

Es gab ein langes Schweigen. Dann räusperte Judy sich und ergriff das Wort.

»Wollten wir nicht zuerst essen?«

6

»Es gibt in unserer Bibliothek mehrere Sammlungen von Legenden«, erklärte die leuchtende Frau. »Viele berichten von einem früheren Universum, in dem Stämme auf der Außenseite von Kugeln in verzauberten Kuppeln gelebt haben.«

Don starrte sie an. Den Teller mit der langweiligen Pampe, die hier als Essen galt, hatte er völlig vergessen. Er war nicht sicher, was ihn mehr in Erstaunen versetzte: die Tatsache, daß dieses Wesen eindeutig eine Frau war, daß sie von innen heraus leuchtete, oder daß John Robinson neben ihr saß und beim Zuhören hin und wieder nickte, als wäre es das Normalste in der Welt.

Na ja, dachte Don, John Robinson war eben einer dieser coolen Typen, die immer ein Pokergesicht haben. Einer jener Pfadfinder mit flinken Gehirnen, die mal eben vor dem Abendessen die Welt retten, wie man sie gewöhnlich im diplomatischen Dienst fand. *Wir grünen Jungs, die wir ohne Vorwarnung von Null auf Hundert beschleunigen müssen, kommen da natürlich nicht mit.*

Aber natürlich war er schon lange kein grüner Junge mehr. Mit grünen Jungs, besonders mit den unbeliebten, erlaubte man sich üble Scherze. Beispielsweise den, daß man sie unter irgendeinem Vorwand an einen öffentlichen Ort lockte und dann im Camp anrief und meldete, ein Rekrut habe sich ohne Ausgangserlaubnis verkrümelt. Dann sah man aus einem Versteck zu, wie die Militärpolizei mit dem Hubschrauber kam, den Beschuldigten in die Zwangsjacke steckte und in den Bau schickte. Der schlimmste Teil dieses Streichs war nicht die Tatsache, daß es manchmal bis zu einer Woche dauerte, bis sich der Betreffende aus dieser Klemme befreit hatte, sondern daß man den Aktenvermerk über die Verhaftung erheblich schwerer wieder loswurde als die Zwangsjacke.

Ob sich die Leute hier in dieser Hohlwelt ähnliche Streiche erlaubten? Und wie lange würde es dauern, bis sie es merkten, daß ein solcher Streich auf ihre Kosten ging?

Judy stach ihm einen spitzen Finger in die Rippen. »Vergessen Sie nicht zu essen«, flüsterte sie.

Er nickte abwesend und rührte seine Pampe mit dem Löffel um. Das Ding war eindeutig ein Löffel, und er war nicht sicher, ob er sich darüber wundern sollte oder nicht. Am Tisch sitzen und mit Besteck von Tellern zu essen, war doch für humanoide Lebensformen eine völlig logische Sache, oder nicht? Selbst wenn die Küche zu wünschen übrigließ.

Das Auffälligste war seiner Ansicht nach die Tatsache, daß der Tisch rund war; die Helden durften im Kreis sitzen wie die Tafelrunde des König Artus. Vielleicht hatte die Form aber auch keine besondere Bedeutung, und der Tisch war einfach nur ein Schmuckstück im Heim ihrer Gastgeberin. Falls es ihr Heim war, und nicht irgendein neutraler Ort, an den man alle Fremden führte, die in die Stadt kamen – wenn es denn eine Stadt war, in der sie sich jetzt befanden.

Was ihn auf die nächste Frage brachte. Wenn dieser verrückt aussehende Alien wirklich nicht wußte, was ein Raumschiff war, dann mußte man doch annehmen, daß man hier bisher überhaupt noch keine Besucher von draußen empfangen hatte.

Überhaupt, woher war diese Hohlwelt gekommen?

Er fühlte sich auf einmal unendlich müde und erschöpft. Am liebsten hätte er den Kopf auf den Tisch gelegt wie ein müdes Kind. Das einzige, was ihn davon abhielt, war die Gewißheit, daß John Robinson und dieser Drecksack Smith einige bissige Bemerkungen dazu machen würden.

Er stopfte sich noch einen Löffel des undefinierbaren Zeugs in den Mund und zwang sich, es runterzuschlucken, um das Gähnen zu unterdrücken.

»In diesen verzauberten Kuppeln blieb die Luft von selbst beisammen, solange die Leute sich tugendhaft verhalten haben«, fuhr die Frau fort, »und solange sie nicht verschwenderisch und rücksichtslos waren. Aber als sie den Regeln, die von ihren Vorfahren aufgestellt worden waren, um die Ökologie im Gleichgewicht zu halten, nicht mehr gehorchten, da mußten sie leiden. Die Luft hat sie vergiftet, und ihre Körper wurden krank und kraftlos. Wenn sie mit ihren bösen Taten so weitermachten, hieß es, dann würde die Luft sich ganz und gar auflösen, und sie würden sterben.«

Maureen nickte und schob sich den Kopfhörer auf dem linken Ohr zurecht. Sie hatte direkt hinter dem Ohrläppchen eine wunde Stelle, die durch den Druck noch weiter gereizt wurde.

Da sie der leuchtenden Frau gegenüber saß, konnte sie John gut beobachten. Sie fragte sich, ob er ahnte, was sie gerade dachte. Wahrscheinlich war es ihm klar, mehr als jedem anderen hier. Diese Legende beschrieb auch einen Teil der Geschichte der Menschheit. Die Leute in den verzauberten Kuppeln mit frischer Luft, die unendliche Mengen Müll produzierten und sich benahmen, als würden die Annehmlichkeiten des Lebens wie durch Zauberei einfach nur deshalb entstehen, weil es Leute gab, die sie haben wollten, während sich die Ressourcen unendlich erneuerten – kam ihnen das nicht allen sehr bekannt vor? Es schien ihr, als wären gewisse Schwächen typisch für alle intelligenten Lebensformen, ob menschlich oder nur menschenähnlich.

Sie hatten den Bahnsteig mit einem ganz normalen Aufzug verlassen. Der blaue Alien hatte aufmerksam zugehört, während Will ihm einen kurzen Vortrag über Weltraumflüge, Unterlichtgeschwindigkeit, Hyperraumsprünge und blinde Hyperraumsprünge ohne Sprungtor gehalten hatte.

Der Ausdruck des bizarren Gesichts war nicht recht zu deuten gewesen, aber Maureen hatte sich die ganze Zeit über des Eindrucks nicht erwehren können, daß der Alien nicht recht glauben konnte, was Will ihm erzählte. Dies fiel wiederum ihr schwer zu glauben, doch je länger sie den Alien beobachtete, desto stärker wurde das Gefühl.

Sie wußte einfach nicht, was sie davon halten sollte. Wie konnte ein intelligentes Lebewesen, das im Innern einer fliegenden Kugel lebte, nicht wissen, was ein Raumschiff war?

Ihre Gastgeberin schien diese Skepsis allerdings nicht zu teilen, wenn Maureen sich nicht irrte. Im Grunde mußte Maureen aber zugeben, daß sie es auch in diesem Fall nicht mit letzter Sicherheit sagen konnte. Sie hatten bisher noch nicht direkt über dieses Thema gesprochen.

Auf einmal mußte sie über die Richtung, in die ihre Gedanken liefen, lächeln. Als ob die Robinsons sich jeden Tag an eine gedeckte Tafel setzten und mit Aliens über kulturelle Unterschiede diskutierten.

Die Frau hatte unten vor dem Aufzug auf sie gewartet. Sie waren nicht zu der Ebene gefahren, die sie vom Bahnsteig aus hatten sehen können, sondern eine Etage tiefer, direkt in diese – nun ja, in diese Wohnung. Ein besseres Wort wollte Maureen nicht einfallen. Im Grunde war ja die ganze Welt ein riesiger Wohnblock. Eine Siedlung mit raumtüchtigen Reihenhäusern, dachte sie. Sie mußte sich beherrschen, um nicht laut herauszuplatzen.

Die Frau hatte sie mit einer Art Knicks begrüßt, und erst als sie alle im Speisezimmer versammelt waren, hatte Maureen bemerkt, daß der blauhäutige Alien sie nicht begleitet hatte. Die Roboter waren in der Nähe der Tür geblieben, auf irgendeine Weise, die keiner von ihnen nachvollziehen konnte, deaktiviert.

»Jetzt essen wir«, hatte die Frau zu ihnen gesagt, und sie hatten sich am Tisch niedergelassen, der bereits mit diesem erbärmlichen Zeug gedeckt gewesen war. Sie hatten sich eine Weile gegenseitig angeschaut, um Trost oder Hinweise zu finden und sich zu vergewissern, wie die anderen die Situation aufnahmen. Auch darüber mußte sie jetzt lächeln. Vor vierundzwanzig Stunden hatten sie sich gegenseitig nicht mehr sehen können, nun suchte einer des anderen Blick, um Sicherheit zu finden.

Johns Blick ruhte jetzt gerade auf ihr, als hätte er ihre Gedanken gelesen, doch die leuchtende Frau sprach bereits weiter.

»Schließlich lebten so viele Menschen unter den Sternen, daß die ganze Luft vergiftet war. Die Kuppeln begannen sich aufzulösen. Nur ein Stamm hat begriffen, was geschehen würde, weil seine Mitglieder sehr tugendhaft geblieben waren. Sie wollten nicht sterben und baten die Götter, sie zu retten.«

»Die Götter?« fragte Maureen.

»So geht die Legende«, erklärte die Frau. »Natürlich ist sie in einer Zeit entstanden, als die Leute naiver waren und glaubten, wissenschaftliche Prinzipien wären die Äußerungen einer überlegenen Gruppe von körperlosen Wesen, die ein persönliches Interesse am Wohlergehen der gewöhnlichen Sterblichen hatten. Die Götter, sagten sie, wären mit den Tugendhaften gnädig verfahren und hätten der Anführerin des Stammes im Traum eine Botschaft geschickt. Die Anführerin erfuhr auf diese Weise, daß es am unteren Ende der Welt ein Tor gab, durch welches sie mit ihrem Gefolge ins Innere gelangen konnte. Dort würden sie gute Luft und genügend Wasser und reichlich Bodenschätze finden, um noch einmal von vorn zu beginnen, so daß sie nicht wie alle anderen sterben müßten. Aber wegen der Frevel, welche die Bösen begangen hatten, entschieden die Götter, daß kein einziger von ihnen jemals wieder direkt im Angesicht der Sterne würde leben dürfen.«

Maureen sah wieder zu John hin, als Penny sich zu Wort meldete.

»Eine unserer Mythen hat mit einer Überschwemmung zu tun, die die ganze Welt zerstört hat. Nur ein einziger Mann namens Noah hat zusammen mit seiner Familie überlebt. Er wurde aufgefordert, eine Arche zu bauen, in der seine Familie und zwei Tiere von jeder Art Platz fänden. Es hat vierzig Tage und vierzig Nächte lang geregnet, bis das Wasser die ganze Welt bedeckt hat.«

Die leuchtende Frau war fasziniert. »Eine ganze Welt voller Wasser?«

»Nachdem das Wasser wieder gesunken ist, so erzählt die Geschichte«, warf Maureen ein, »ist am Himmel ein Regenbogen erschienen als Zeichen dafür, daß die Welt nie wieder von einer Überschwemmung zerstört werden würde. Aber das ist nur eine einzige Geschichte über eine Überschwemmung. Es gibt noch weitere Geschichten über große Überflutungen, die von vielen Kulturen auf der Erde überliefert wurden, und es gibt außerdem auch Berichte über ganz andere Naturkatastrophen.«

»Eine Überschwemmung. Überschwemmt mit Wasser.« Die Frau hatte offenbar Probleme, es sich vorzustellen. Anscheinend gab es in dieser Hohlwelt keine kaputten Wasserleitungen. »Es ist ein beeindruckendes Bild. Ganze Städte, die im Wasser versunken sind?«

»Natürlich waren es keine Städte wie die eure hier«, sagte John. »Sie waren viel primitiver. Keine hohen Gebäude, keine Elektrizität.«

»Es ist nur eine Legende«, erklärte Penny. »Manche Leute glauben, es sei wirklich geschehen, aber die meisten Leute halten es nur für eine alte Geschichte, oder sie denken, daß es zwar geschehen ist, daß das Ereignis aber viel unbedeutender war und erst nachträglich aufgeblasen wurde.«

Jetzt begann die leuchtende Frau zu lächeln. »Wir kennen hier auch viele Geschichten, die sich gegenseitig widersprechen. Das wäre eine weitere Gemeinsamkeit zwischen unseren Welten.«

»Sie räumen ein, daß es andere Welten gibt«, sagte John. »Aber die... die Person, die uns abgeholt hat, behauptete, nicht zu wissen, was ein Raumschiff ist.«

»Das sind die Mystiker«, sagte die Frau abfällig. »Sie leben in der Hülle und denken über das Nichts nach. Sie leben dort, seit… nun ja, seit die Erste Mutter das Tor gefunden und ihren Stamm ins gelobte Land geführt hat.«

»Ich wünschte wirklich, ich hätte mein Aufzeichnungsgerät mitgenommen«, sagte Penny.

Die Frau lächelte sie an. »Sie sind offensichtlich eine Gelehrte. Es gibt eine Datenbank, in der Sie die alten Geschichten nachschlagen können.«

»Wie freundlich von Ihnen«, sagte Smith. Maureen fuhr zusammen. Irgendwie hatte sie ihn völlig vergessen. Aber da saß er, links neben Judy, an deren rechter Seite Don saß. Es kam Maureen beinahe so vor, als wäre da eine Rivalität im Gange, die angesichts der Umstände absurder kaum hätte sein können. »Das ist ja alles ganz interessant, aber ich muß jetzt mal aufs Örtchen.«

Die Frau sah ihn unverwandt an. »Wir haben viele interessante Orte, die Sie sich ansehen können. Sie dürfen alles tun und lassen, solange Sie nicht uns oder sich selbst in Gefahr bringen.«

»Ich meine die Toilette«, gab Smith ungeduldig zurück.

Der Gesichtsausdruck der Frau wechselte von höflich zu angewidert. »Oh, so einer sind Sie also.«

Unsicher, ob sie sich fürchten oder lachen sollte, sah Maureen zu John. Sie dachte fieberhaft nach. Sie hätten sich vorher überlegen sollen, daß in einem geschlossenen System wie diesem die Frage, wie man Abfälle behandelte und beseitigte, vor allem vor dem Hintergrund der Legende, die sie gerade gehört hatten, eine sehr heikle Angelegenheit war. Falls diese Problematik sogar dazu geführt haben sollte, daß die Körper der Bewohner modifiziert worden waren, dann standen ihnen allen sehr, sehr schwierige Zeiten bevor.

Wenn sie sich einverstanden erklärten, diese Veränderung, wie immer sie aussehen mochte, auch an sich vornehmen zu lassen, dann konnte das dazu führen, daß sie an einem anderen Ort nicht mehr überleben konnten. Falls sie sich aber weigerten, war es nicht auszuschließen, daß sie sofort hinausgeworfen wurden – und zwar ohne daß man sie vorher wieder in die *Jupiter 2* gesetzt hatte.

Die Frau wandte sich unvermittelt an Maureen, und der angewiderte Gesichtsausdruck hatte sich, wenn möglich, sogar noch vertieft. »Oder ist das eins der *Tiere*, die Sie erwähnt haben, das weiterentwickelt und chirurgisch verbessert wurde? Ein Tier, das reden und aufrecht gehen kann, das Kleidung trägt und gezähmt ist, aber im Grunde nicht zivilisiert?«

Maureen öffnete den Mund und versuchte krampfhaft, sich eine möglichst elegante Antwort zurechtzulegen.

»Ich würde sagen, das hat Sie aufs Haar genau beschrieben«, sagte Don West zu Smith. Er beugte sich vor, um Judy anzusehen.

»Ganz im Gegenteil, Major, ich glaube, sie hat uns zwei verwechselt.« Smiths Tonfall klang nicht ganz so beißend wie sonst; er war offensichtlich ziemlich nervös geworden.

»Verzeihung«, sagte John rasch. Er streckte die Hand aus, als wollte er die Frau besänftigend am Arm berühren, doch dann hielt er mitten in der Bewegung inne. »Ich glaube, wir haben in diesem Augenblick Verständigungsprobleme.«

Als die Frau sich an John wandte, warf Maureen ihm einen warnenden Blick zu der sagen sollte: *Sei vorsichtig.*

»Wie kann das sein?« fragte die Frau. In den Ekel mischte sich jetzt Verwirrung.

»Vielleicht sind unsere diesbezüglichen Sitten, äh... nun ja, vielleicht nicht völlig unterschiedlich, aber doch... nun ja...« John zögerte. »Was genau hat dieser Mann jetzt falsch gemacht?«

Das Schweigen, das sich über sie senkte, war bedrückend, eisig und schien eine Ewigkeit zu dauern.

»Jetzt habe *ich* Verständnisschwierigkeiten«, sagte die Frau schließlich. »Soll ich wirklich glauben, daß es zivilisierte Menschen gibt, die... *davon* ... in der Gegenwart von Nahrung sprechen?«

Maureen entspannte sich ein wenig. »Entschuldigen Sie sich sofort«, forderte sie Smith auf. »Sie haben einen Fehler gemacht.«

»Ich glaube kaum, daß man sich dafür entschuldigen kann, zu ...«, sagte die Frau unverändert feindselig. Das letzte Wort wurde als unverständlicher Lärm übertragen. Die Frau bemerkte es und sah ihre Gäste verwundert an. »Haben Sie wirklich kein Wort dafür?«

»Ich glaube nicht«, erklärte John. »Aber wir wollten ganz bestimmt niemanden beleidigen.«

»Sie wollen niemanden beleidigen?« fragte die Frau ungläubig. »Sie *sind* eine Beleidigung.« Sie rückte vom Tisch ab und stand auf. »Jemand anders wird ... wird sich darum kümmern, wie weiter mit Ihnen zu verfahren ist. Sie werden diesen Wohnsitz so bald wie möglich verlassen, damit ich ihn ausräumen, desinfizieren und neu weihen lassen kann.« Sie richtete den feindseligen Blick auf Maureen, die sie immer noch offenen Mundes anstarrte. »Und dabei hatte ich gehofft, daß Sie und ich...« Sie schauderte und stolzierte hinaus.

»Gut gemacht, Smitty«, sagte Don West. »Hat jemand eine Idee, was wir jetzt tun sollen?«

»Wir bleiben einfach sitzen und warten auf den Dorfsheriff, würde ich sagen«, warf Will ein. Er sah besorgt zu seinem Vater.

»Spitze«, maulte Penny. »Da stoßen wir auf eine fremde Zivilisation, und die halten es für ein Verbrechen, wenn man mal aufs Klo will. Ich sehe schon, das wird noch richtig lustig hier.«

»Immer mit der Ruhe.« John brachte die Truppe mit erhobener Hand zum Schweigen. »Seid mal ruhig. Glaubt ihr wirklich, wir wären die einzigen auf der Welt – von der Erde, meine ich, die jemals dieses Problem hatten?«

Maureen blinzelte unsicher. »Ich weiß nicht, was...«

»Früher dachten alle, die Hopi-Indianer wären Barbaren, weil sie aus den Häusern, die ihnen die Regierung in die Reservate gestellt hat, die Toiletten herausgerissen und draußen aufgestellt haben«, sagte er. »Niemand hatte die Hopi gefragt, wie sie sich mit den Toiletten im Haus gefühlt haben. Hätte man sie gefragt, dann hätten die Hopi erklärt, daß sie sich schmutzig fühlen, wenn die Toilette in dem Haus ist, in dem sie leben.« Er hielt einen Augenblick inne, damit die anderen darüber nachdenken konnten. »Vergeßt nicht, daß die Frau außerdem gesagt hat, daß es hier zahlreiche widerstreitende Ansichten gibt.«

»Wollen wir hoffen, daß es auch zu der Frage, was als gesellschaftsfähiges Tischgespräch gilt, unterschiedliche Ansichten gibt«, sagte Don ernst.

»Das wollen wir hoffen«, sagte Judy.

»Aber zurück zu meiner ursprünglichen Frage«, schaltete Don sich wieder ein. »Was machen wir jetzt?«

»Wir warten«, entschied John. »Wir warten, und um Himmels willen, versucht nichts Schlimmes mehr zu tun, während wir warten.«

Smith ruckte unbehaglich auf dem Stuhl hin und her. »Sie haben gut reden.«

Der Roboter erschien in der Tür. Wie Maureen sehen konnte, war es ihr eigenes Exemplar, nicht die Kopie. »Wir müssen gehen. Sofort.«

»Was denn, keine ›Gefahr, Gefahr‹?« fragte Smith sarkastisch.

John stand auf. »Also gut. Die Frau hat uns ja schon erklärt, daß wir so schnell wie möglich hier verschwinden müssen.« Er wandte sich an den Roboter. »Wohin sollen wir gehen?«

»Zur Luftschleuse«, erklärte der Roboter.

Auf einmal stand Don West mit gezogener Pistole neben John. »Wenn die uns rausschmeißen wollen, dann sollen sie gefälligst kommen und uns holen.«

Die Stirnlampen des Roboters blinkten rasch, als würde er ein kompliziertes Signal weiterleiten.

»Sie sind schon unterwegs.«

7

Nach einer Weile wurde Dons Arm müde, und er ließ die Pistole sinken. »Ich dachte, sie wären schon unterwegs«, sagte er zum Roboter.

»Sie sind unterwegs«, gab die Maschine zurück.

»Wo sind sie denn dann?«

»Noch zehn Ebenen entfernt.«

»Über uns oder unter uns?«

Der Roboter antwortete nicht. Don wandte sich an Maureen und John. »Glauben Sie, die lassen sich Zeit, weil sie wissen, daß wir sowieso nicht verschwinden können?«

John sah sich um. Keine Türen, keine Fenster, nicht einmal Bilder an den Wänden. Nur die nackten, leeren Wände selbst. Vielleicht gab es bei Leuten, die immer nur drinnen lebten, keine Notausgänge. Aber Smith, der noch am hinteren Ende des Tisches saß, hatte etwas entdeckt. »Wenn ich mich nicht irre«, sagte er müde, »ist da drüben eine Falltür.«

Don rannte um den Tisch herum und sah es sich an. »Kann sein«, sagte er zu den Robinsons. »Hier ist eine Fläche in den Boden eingelassen, die aussieht, als könnte man sie öffnen.«

Sie drängten sich um ihn, um es sich anzusehen. Nur Smith hielt sich hinter Judy. Wenn dieser Drecksack nicht bald aufhört, ihr auf die Pelle zu rücken, dachte Don, dann werde ich ihm den Hals umdrehen.

Er fuhr mit beiden Händen rasch über die quadratische Fläche und suchte nach einem Haken oder einem Knopf, der die Klappe öffnen würde. Will kam ihm zu Hilfe und tastete mit seinen kleineren Fingern ringsherum die Rille ab.

»So geht das nicht«, verkündete Don. »Vielleicht ist es doch keine Falltür.« Er stand auf. »Okay, wer ist bewaffnet?«

John und Maureen hatten ihre Waffen dabei, Judy jedoch nicht. Auch das war ungünstig. Ganz abgesehen von der Tatsache, daß sie eine zusätzliche Waffe gut hätten gebrauchen können, schoß Judy besser als ihre Eltern. Don entschied sich rasch.

»Maureen, Sie geben Ihre Waffe Judy und kümmern sich um Penny, Will und Smith.«

John und Maureen wollten protestieren.

»Streiten Sie nicht mit mir!« fauchte er sie an. »Wir sind hier nicht auf der *Jupiter 2*, und dieses Mal geht es um meinen und um Ihren Arsch.«

Bevor Maureen noch etwas sagen konnte, riß er ihr die Waffe aus der Hand und gab sie Judy.

»Und jetzt stellen Sie sich rechts neben die Tür und machen sich bereit, auf alles zu schießen, was hereinkommt. Ganz egal, was auch passiert.« Don wollte ihr einen Stoß geben, aber sie war schon unterwegs. Sie hatte die richtigen Instinkte, sie wußte, wann es ernst wurde. Don zeigte ihr, wie sie sich flach gegen die Wand drücken und die Waffe bereithalten mußte. Braves Mädchen. Dann wandte er sich wieder an John Robinson.

»Sie gehen hinter dem Tisch in Deckung und zielen auf die Tür. Stützen Sie beide Ellenbogen auf den Tisch. Maureen, Sie und die Kinder gehen unter dem Tisch direkt in Johns Nähe in Deckung. Wenn er fällt, können Sie sofort übernehmen. Und ihr zwei«, er deutete mit der freien Hand auf Will und Penny, »ihr haltet die Köpfe unten, sonst setzt es das, was wir früher Kopfnüsse genannt haben.«

Smith wollte ebenfalls abtauchen, aber Don packte ihn am Arm und riß ihn zurück. »Nicht so eilig. Sie bleiben bei mir. Setzen Sie sich auf den Tisch, mit dem Gesicht zur Tür.«

Smith zog den Stuhl ab, auf dem die leuchtende Frau gesessen hatte. Don gab ihm mit der Mündung der Waffe einen Stoß. »Ich sagte, setzen Sie sich auf den Tisch, nicht an den Tisch.«

Smith gehorchte und stellte die Beine auf die Sitzfläche des Stuhls. »Und jetzt?« fragte er beleidigt.

Don bezog an der Wand auf der anderen Seite der Tür seine Position und nickte Judy beruhigend zu. »Und Sie bleiben jetzt einfach da sitzen, Smith. Als Köder brauchen Sie nicht mehr zu tun.«

Smith wollte etwas sagen, aber er kam nicht mehr dazu. Er riß die Augen auf.

Etwas Wirres, das an ein Seil erinnerte, flog durch die Tür an Don und Judy vorbei und traf Smith. Der Mann kippte mit einem derart schrillen Schrei nach hinten, daß Don beinahe das Blut in den Adern gefror. Dann rollte Smith zur Seite und stürzte, sich windend und keuchend, vom Tisch herunter auf den Boden.

Don winkte Judy, von der Tür zurückzutreten, und sah zu John. John hatte sich halb aufgerichtet, zielte mit der Waffe zur Tür und wollte gerade etwas rufen, als Don etwas Kaltes, Feuchtes und Klebriges auf seine Brust klatschen spürte. Es breitete sich aus und hüllte ihn mit entsetzlich starkem Griff rundherum ein. Dann lag er auf dem Boden, wand sich, drehte sich und versuchte, sich von dem zu befreien, was ihn gefesselt hatte. Als letztes, bevor er das Bewußtsein verlor, sah er Wills und Pennys entsetzte Gesichter. Das Ding, das ihn fesselte, drückte ihm die Luft aus den Lungen.

Weit entfernt, in der dichter werdenden Dunkelheit, hörte er noch Judy mit einem überraschten Schrei zu Boden gehen. Warum hatte John nicht geschossen? Worauf wartete er denn?

Etwas zerrte an ihm und rollte ihn herum, bis er auf dem Rücken lag. Das letzte, was er sah, bevor er endgültig abtrat, war eine uniformierte Gestalt, die sich über ihm aufbaute. Es mußten die Dorfsheriffs sein, die Will erwähnt hatte. Seltsam nur, daß der Polizist höchstens zehn Jahre alt war.

Dann verschluckte ihn gnädige Dunkelheit.

»Anscheinend habe ich einen Fehler gemacht«, sagte eine vertraute Stimme gerade, als John wieder zu sich kam. Über ihm tauchte langsam eine verschwommene, trüb beleuchtete Decke auf. Nach ein paar Sekunden dämmerte ihm, daß er sich wieder in dem Wagen befand, in dem der erste Alien sie in die Stadt begleitet hatte. Er hob den Kopf. Richtig, da war er auch. Ein blauhäutiges, schwarzäugiges Wesen, das nicht wußte, was ein Raumschiff war, obwohl es in einem lebte. Es saß neben Maureen, die am Boden zerstört schien.

Dann erinnerte er sich an die bizarren Dinger, die ins Eßzimmer geschossen waren und zuerst Smith, Don und Judy und dann, als er Don hatte helfen wollen, auch ihn selbst eingewickelt hatten. Es war ihm vorgekommen wie eine Mischung aus einem Netz und einer Zwangsjacke, die mit unwiderstehlicher Kraft zugepackt hatte wie eine orientalische Fingerfalle. Genau wie diese Scherzartikel, die man auf Partys manchmal in den Krabbelsack steckte. Eine Röhre, in deren Ende man die Finger schob und die sich immer enger zusammenzog, je energischer man versuchte, den Finger herauszubekommen. Man mußte die Finger aufeinander zu bewegen, um sich zu befreien. Die Netz-Zwangsjacke schien nach dem gleichen Prinzip zu arbeiten, auch wenn es einen wesentlichen Unterschied gab – sie erweckte den Anschein, als wäre sie lebendig.

Die dicken Stränge fühlten sich glitschig und weich an wie Quallen, und sie pulsierten und waren damit eine der widerwärtigsten Substanzen, die John Robinson je berührt hatte. Er hatte Don herumgerollt, um zu sehen, ob er ihn irgendwie da heraus bekäme, und dann waren die Kinder in den Raum eingedrungen.

Oder besser, er hatte sie auf den ersten Blick für Kinder gehalten. Ihm war aber bald klargeworden, daß sie zwar jung aussahen und klein waren, in Wirklichkeit aber keineswegs Kinder. Er hatte etwas zu der Anführerin sagen wollen, die sich über Don gebeugt hatte. Sie hatte den Kopf gehoben und ihn finster angesehen, als hielte er sie mit unwichtigen und irrelevanten Dingen auf, und dann hatte sie kurz die Hand in seine Richtung zucken lassen. Das Netz hatte er erst gesehen, als es ihn schon eingehüllt hatte und das Bewußtsein aus ihm herausquetschte.

Wenigstens haben sie uns leben lassen. Wir wollten sie dagegen erschießen.

Ob das stimmte? Ob man sie wirklich leben lassen würde?

Er erinnerte sich daran, daß der Roboter eine Luftschleuse erwähnt hatte. Rasch setzte er sich auf und sah sich nach Will und Penny um.

Maureen war sofort an seiner Seite. »Es ist gut, alles in Ordnung. Wir sind alle hier, es ist nichts passiert. Die Leuchter bezeichnen jeden Eingang und Ausgang eines Bezirks als Luftschleuse.« Sie half ihm auf, damit er sich auf einem Sitz niederlassen konnte. »Wir werden jetzt in einen anderen Teil der Stadtwelt gebracht. Oder der Weltstadt, oder wie es auch heißt.«

Die Leuchter? Die Weltstadt? Er stellte erstaunt fest, daß er immer noch die verdammten Kopfhörer trug. Die Dinger saßen fest, als wären sie angeklebt. Er zog sie herunter und rieb sich die schmerzenden Ohren. Der Alien sagte etwas, das bei ihm als nasales Wimmern ankam, dessen Tonhöhe sich ständig veränderte und das gelegentlich von einem Schnauben oder Knurren unterbrochen wurde. Nur gut, daß sie gleich am Anfang die Übersetzungsgeräte bekommen hatten, dachte er. Nicht auszudenken, wie sie reagiert hätten, wenn sie als erstes diese Geräusche gehört hätten.

»Unser Freund entschuldigt sich für den Fehler«, erklärte Maureen ihm, da er vorerst keine Anstalten machte, die Kopfhörer wieder aufzusetzen. »Er ... oder es ... dachte, wir würden uns mit den Leuchtern gut verstehen.«

»Wundervoll. Und was passiert jetzt?«

»Wir fahren jetzt in einen anderen Teil der Stadt. Die Leuchter sind nicht die einzigen Bewohner.«

Er fühlte sich immer noch etwas benommen. »Wer waren eigentlich diese Kinder?« fragte er sie.

Maureen verzog das Gesicht. »Das waren keine Kinder ...«

»Das will ich doch hoffen.«

»Es waren Polizisten. Sie leuchten nicht, und sie werden durch irgendeine Blockierung klein gehalten. Die Leuchter setzen sie als Ordnungshüter und Wachpersonal ein. Ich bin nicht sicher, ob sie überhaupt menschlich oder menschenähnlich sind, weil ihre Gehirne ziemlich klein sind. Und sie werden gewissermaßen künstlich hergestellt. Unser Freund hier sagt, die Leuchter züchten sie in Behältern.«

»Wer sind diese Leuchter überhaupt? Und warum wurden wir zu ihnen geschickt?«

Sie drängte ihn, den Kopfhörer wieder aufzusetzen und wandte sich an den Alien.

»Die Informationen, die wir von eurer Welt erhalten haben, deuteten darauf hin, daß für euch der Nahrungskreislauf und die sinnvolle Verwendung von Abfallstoffen von höchster Bedeutung ist«, erklärte der Alien. Es klang weder entschuldigend noch verlegen.

»Unsere Welt?« John sah Maureen verwundert an. »Meint er die *Jupiter 2?*«

Sie nickte. »Wir hatten nur noch wenige Lebensmittel und eine Menge Abfallstoffe an Bord.«

»Und dann hat Smith gefragt, ob er aufs Klo darf.«

»Und damit ein strenges Tabu verletzt. Man darf in der Gegenwart von Nahrung niemals über Ausscheidung sprechen. Das besudelt den ganzen Raum und macht alles unsauber.«

John sah wieder zum Alien. »War es denn nicht offensichtlich, daß wir ein derartiges Tabu nicht kennen?«

»Es war nicht offensichtlich, daß Sie es *nicht* kennen«, sagte der Alien sanft. »Eure Lebensmittel- und Abfallverarbeitung ist makellos. Wir nahmen an, auch das entsprechende Verständnis sei vorhanden.«

»Wer ist ›wir‹?«

»Wir sind die Mystiker. Wir leben in der Außenhülle und meditieren über das Nichts.« Der Alien kicherte. »Eigentlich ist es aber etwas komplizierter. Wir sind jene, die ...« Er machte eine derart lange Pause, daß John schon glaubte, seine Gedanken wären abgeirrt, und er würde den Satz nicht mehr beenden. Doch dann fuhr er fort: »Wir sind jene, die den Überblick haben. Ihre Lebenspartnerin hat gefragt, ob noch andere von anderen Welten gekommen wären. Sie hat versucht, mir zu erklären, was ein Raumschiff ist, aber wir sind nicht über den Begriff ›reisende Welt‹ hinausgekommen.«

John schüttelte den Kopf. »Das verstehe ich nicht. Offensichtlich wissen Sie doch über Transportsysteme Bescheid.« Er deutete auf die Kabine, in der sie fuhren.

»Ja, aber in einem Transportsystem *lebt* man nicht«, sagte der Alien gelassen. »Und es ist sinnlos, in der Leere etwas zu transportieren, weil die Leere leer ist. Es gibt keinen Ort, zu dem man fahren könnte.«

Bevor John darauf etwas erwidern konnte, schaltete Will sich ein. »Ich habe ihm schon zu erklären versucht, daß es nicht stimmt, Dad.«

John zwang sich, ruhig zu bleiben. »So, das hast du ihm erklärt.«

Maureen räusperte sich. »Als ich aufgewacht bin, hat Will ihm das Sonnensystem erklärt. Penny war die ganze Zeit bei Bewußtsein.«

Er nickte unglücklich. »Ich verstehe.«

»Diese Ansicht über das Universum ist mir wirklich fremd«, erklärte der Alien. »Aber angesichts dieser Erläuterung fällt es mir leichter zu verstehen, wie Sie es geschafft haben, in Ihrer winzigen Welt zu leben. In der *Jupiter 2*, meine ich«, korrigierte er sich, nachdem er Will einen raschen Blick zugeworfen hatte. »Ich glaube, in diesem Teil der Stadt werden Sie sich besser fühlen. Hier wird man auf... auf neue Ideen viel offener reagieren. Besonders auf den Hyperantrieb.« Der Alien beugte sich vor. »Man wird hier sicherlich alles über Ihren Hyperantrieb wissen wollen.«

John starrte den Alien an und fragte sich, was hinter diesen undurchdringlichen Augen vorging und was die musikalische Stimme, die ohne Kopfhörer völlig unmusikalisch klang, verbergen mochte.

»Ja, das kann ich mir lebhaft vorstellen«, sagte er.

8

Sein Vater war über die jüngste Entwicklung alles andere als erfreut. Dieses Wissen verschaffte Will eine Art bittere Genugtuung. Weder er noch sein Vater (noch sonst jemand) vermochte zu sagen, ob es gut gewesen war, dem Alien etwas über Reisen im Weltraum und den Hyperantrieb zu erzählen. Es konnte ein schrecklicher Fehler gewesen sein, oder es mochte überhaupt keine Rolle spielen. Aber Will war ziemlich sicher, daß sein Vater sich immer zur sicheren Seite irrte. Das bedeutete, daß er annahm, Will hätte sich die dümmste aller Dummheiten erlaubt. Nun ja, vielleicht stimmte das sogar.

Vielleicht würde er, wenn er länger darüber nachdachte, auch selbst zu der Erkenntnis kommen, daß er so ziemlich das Blödsinnigste gemacht hatte, das ein Mensch überhaupt machen konnte: Er hatte einem Alien etwas von seiner Heimatwelt und den letzten wissenschaftlichen Durchbrüchen erzählt, die zufällig in die ›reisende Welt‹ eingebaut waren. Eine Zivilisation, die bisher noch nicht an Reisen im Weltraum geglaubt hat, bekommt auf einen Schlag eine neue Vorstellung vom Universum und dazu den Antrieb, um es zu erobern.

Will schob diese beunruhigenden Überlegungen beiseite. *Nein, nicht jetzt, vielen Dank. Außerdem bin ich wütend auf meinen Dad.*

Okay, vielleicht war auch das eine Dummheit. Dann hatte er eben mehrere Dummheiten gemacht. Sogar das, was er anfangs für klug gehalten hatte, war dumm. Aber wer sagte eigentlich, daß er überhaupt mal klug gewesen war? Er hatte eine halbe Ewigkeit gebraucht, um das Elektronengehirn des Roboters wieder aufzubauen und noch einmal zwei bis drei Ewigkeiten, um die Parallelprozessoren richtig einzufügen, und selbst dann hatten sie sich noch überhitzt. Die Aliens hatten den Kontakt mit ihnen aufgenommen, indem sie seinen Roboter mittels Fernsteuerung gelenkt hatten, und binnen weniger Stunden hatten sie es geschafft, eine Kopie zu bauen. Er wollte lieber nicht darüber nachdenken, was sie mit den neuen Informationen anfangen konnten, die er ihnen gegeben hatte.

Dann fiel ihm noch etwas ein: *Wir haben den Planeten, wo das zweite Tor gebaut wurde, nicht erreicht, und wir sind auch nicht nach Hause zurückgekehrt. Wenn die Aliens die Erde finden...*

Er hatte das Gefühl, jemand hätte ihm einen Schlag in die Magengrube versetzt. Die Erde... Luft und Wasser wurden dort knapp, Milliarden Menschen warteten auf die Meldung, daß sie wohlbehalten das zweite Hyperraumtor erreicht hatten. Aber diese Nachricht würde niemals kommen.

Was würde jetzt aus der Erde werden?

Oder was war inzwischen aus ihr geworden?

Er erinnerte sich an die ältere Version seiner selbst, die er durch die schimmernden Energiefelder gesehen hatte, als das Tor zwischen der *Jupiter 2* und dem Planeten, auf dem sie die Bruchlandung gemacht hatten, zusammengebrochen war. Der Planet war aufgrund der Zeitbeben explodiert, und sie waren mitten durch den zerberstenden Planeten geflogen und hatten noch einmal den Hyperantrieb aktiviert. Ob sie sich dabei auch durch die Zeit bewegt hatten?

Aber es gab niemanden, den man fragen konnte, denn hier war niemand, der die Antwort wußte. Offensichtlich war es möglich, den Lauf der Dinge zu verändern, denn im Gegensatz zu seinem älteren Gegenstück würde er nun doch nicht als Waise und allein mit Dr. Smith auf jenem Planeten aufwachsen. Aber man mußte wissen, welche Zeit es war, und gerade das konnte man hier nicht feststellen.

Sein Blick wanderte zum Roboter und dessen Zwillingsbruder, die wie pflichtbewußte Wachtposten am hinteren Ende des U-Bahnwagens nebeneinander standen. Wenn er den Roboter zum zentralen Logbuch des Schiffs durchschalten konnte, dann konnte er vielleicht bestimmen, ob sie sich während der letzten Eruptionen, als sie sich vom Planeten gelöst hatten, auch in der Zeit bewegt hatten. Falls dem so war, dann hatte er irgendwann in der Zukunft ein Zeittor gebaut, wobei er nur das verwendet hatte, was an Bord der *Jupiter 2* zu finden war. In dem Material, das er an Bord finden konnte, steckte also erheblich mehr, als man auf den ersten Blick vermuten würde. Sogar die zusätzliche Gruppe von Parallelprozessoren würde sehr helfen, dachte er, während er den Doppelgänger ansah. Und nicht nur das. Die zusätzlichen Prozessoren mochten der Schlüssel zu dem intelligenten neuronalen Netz sein, das er aufbauen wollte.

Die Vorstellung, mehr Material zur Verfügung zu haben als das, was er an Ersatzteilen auf der *Jupiter 2* abzweigen konnte, versetzte ihn in Begeisterung. Er konnte schon vor seinem inneren Auge sehen, was er tun würde, es war alles schon da. Er brauchte nur eine ebene Fläche, um die Teile auszubreiten und etwas Zeit, um das Ding zusammenzubauen. Zum erstenmal seit langer Zeit strebte er nicht nach dem Unmöglichen.

Maureen blieb auf der Schwelle der offenen Tür stehen und wandte sich an den Alien. »Begleiten Sie uns nicht in die Stadtwelt?«

»Wir leben in der Außenhülle.« Die melodische Stimme klang, als würde er lächeln. »Die Hülle ist der Raum zwischen der äußeren Grenze und der Stadt. Ein anderer Ort ist für uns nicht geeignet.«

»Es gibt so viele Dinge, die ich Sie gern fragen würde«, fuhr sie frustriert fort. John und die anderen warteten schon draußen auf dem Bahnsteig auf sie. Sie ignorierte ihre ungeduldigen Angehörigen. »Ich würde gern wissen, seit wann Sie auf diese Weise leben. Ich wüßte gern, wie Sie hier in dieser Welt leben, woher die Nahrungsmittel kommen, wie die Kultur aussieht ...«

Die trockenen schwarzen Augen wurden forschend auf sie gerichtet. »Die geringe Größe eurer Welt hat uns getäuscht«, sagte der Alien. »Wir dachten, eure wichtigsten Sorgen seien die effiziente Aufnahme und Ausscheidung von Nahrung und das Spielen. Aber Ihre zahlreichen Fragen verraten mir, daß diese Annahme nicht zutrifft. Und die Information, daß es in der Leere viele Dinge gibt und nicht nur ein paar verstreute Welten und ein paar Trümmer, war... sehr beunruhigend. Wir müssen darüber meditieren.« Er faßte sie am Ellenbogen und bugsierte sie auf den Bahnsteig hinaus. »Auch Sie müssen meditieren. Wenn es der Wahrheit entspricht, daß Sie von einer Oberflächenwelt mit Ihrer kleinen Welt zu dieser Welt gekommen sind, dann sind Sie mit Ihren Meditationen weit im Rückstand. Sie müssen das jetzt aufholen, sonst riskieren Sie... «

Maureen wollte etwas erwidern, doch die Tür des Wagens wurde vor ihrer Nase geschlossen. Sie drehte sich, verzweifelt die Hände hebend, zu John um. Er zuckte nur mit den Achseln.

»Die gleiche Stadt, aber ein anderes Viertel«, sagte Penny. Sie sah zur Stadtlandschaft hinaus. »Ich bin jedenfalls ziemlich sicher. Ich hatte nicht das Gefühl, daß wir nach oben oder nach unten gefahren sind. Die Gebäude scheinen mehr oder weniger identisch zu sein, nur daß ich jetzt ein paar erkennen kann, die ich vorher nicht gesehen habe. Ich frage mich, wozu die alle gut sind.«

»Wozu sind die Gebäude in Houston gut?« fragte Will sie. »Wozu braucht man eigentlich Häuser in einer Stadt?«

»Yeah, aber das hier ist weder Houston noch irgendeine andere Stadt auf der Erde«, gab Penny zurück.

Maureen gesellte sich zu ihrer jüngeren Tochter, die vor der Glaswand stand. Es sieht wirklich aus wie eine riesige Stadt, dachte sie. Die Ähnlichkeiten waren so groß, daß man unversehens ins Grübeln geriet. Und als nächstes fiel einem dann auf, daß man nicht einmal sicher war, worüber man grübeln sollte.

Vielleicht mußte man sehr jung sein, um einfach alles so zu akzeptieren, wie es war – um zu akzeptieren, daß dies eine ganz logische Anordnung für soziale Lebensformen war, ganz egal, woher sie kamen und welcher Art sie angehörten.

Und was war eigentlich mit Bienenstöcken und Ameisenhaufen, mit Hornissen und Termiten? Lebten diese Tiere nicht in gewisser Weise auch in Städten? Eine intelligente Spezies mit denkenden Individuen, die nicht wie Insekten empfanden, aber dennoch eng zusammenleben wollten – was sonst würde dabei herauskommen, wenn nicht eine Stadt?

Wie viele Spezies waren es eigentlich? Bisher hatten sie einen Alien mit schwarzen Augen und eine leuchtende humanoide Frau kennengelernt. Was mochte hier noch auf sie warten?

»Hier entlang«, sagte der Roboter. Er stand mit dem Doppelgänger vor einer geöffneten Aufzugtür. Maureen sah sich nach den Angehörigen und nach Don West und Smith um.

»Was sollen wir machen?« sagte sie.

»Wir werden schon herausfinden, was uns da erwartet«, sagte John und scheuchte sie alle in den Aufzug.

Dieses Mal fuhren sie nach unten und dann eine ganze Weile horizontal, ehe sie anhielten und die Türen sich öffneten. Sie sahen etwas, das Maureen vorkam wie ein Raum in einem Krankenhaus. Genauer gesagt, hatte der Raum die Atmosphäre eines Operationssaales, auch wenn man keinen Operationstisch, keine Instrumente und keine der üblichen chirurgischen Geräte sehen konnte. Sie breitete die Arme aus, um die anderen im Aufzug zurückzuhalten.

»Hallo?« Ihr Ruf hallte gespenstisch zwischen den gekachelten Wänden. Das Verhalten von Schallwellen war anscheinend eine universelle Konstante, dachte sie. Universell genug jedenfalls, daß Dinge wie die Akustik bei allen Spezies ähnlich waren.

Es gab ein Knistern wie in einem Funkgerät, dann kam die Antwort: »Hallo«. Es klang, als wollte jemand bestätigen, daß sie das richtige Wort ausgesprochen hatte. Don West trat mit gezogener Waffe neben sie. Er wagte sich einen Schritt weiter vor, setzte einen Fuß über die Schwelle und sah sich, halb drinnen und halb draußen stehend, aufmerksam um, jeweils mit der Waffe in die Richtung zielend, in die er schaute.

»Wo sind wir hier?« fragte John. Er legte Maureen eine Hand auf die Schulter.

»Einwanderungsbehörde und Arbeitsamt?«

»Wer weiß.« Don zog sich wieder in den Aufzug zurück und ließ die Waffe sinken. »So langsam wundert mich hier überhaupt nichts mehr. Ich würde sagen, wir sollten den Rückweg zu unserem Freund mit den verrückten Augen und zur *Jupiter 2* suchen. Nur für den Fall, daß sie ihre neue Vision vom Weltall überprüfen und mit unserem Campingbus eine Spritztour machen wollen.«

»Das werden sie nicht tun«, warf Judy ein. Sie sprach so überzeugt, daß Maureen sie impulsiv zurechtweisen wollte. »Die haben viel zuviel Angst vor der Annäherungskrankheit, wißt ihr noch? Außerdem haben sie keinen Treibstoff.«

Don ignorierte den Einwand. »Will, kannst du herausfinden, wie dieser Aufzug funktioniert?«

»Der Roboter müßte es können«, sagte Will. »Aber ich bin nicht sicher, ob er mir gehorcht.«

»Dann frage ihn doch einfach, du kleiner Klotzkopf«, fauchte Smith.

Alle fuhren zu ihm herum. Maureen sah, daß er mit entsetzlich bleichem Gesicht von einem Fuß auf den anderen trat. Die Lippen waren aschgrau.

»Oh, richtig«, bemerkte Don gehässig. »Unser Freund Smitty muß mal für kleine Jungs. Er hat wohl eine schwache Blase und wird jetzt etwas nervös.«

Zu Maureens Überraschung murmelte Smith nur etwas, das viel zu leise war, als daß es jemand hätte verstehen können. Selbst Don war einen Augenblick verblüfft, wie kleinlaut der Mann sein konnte. Dann sah er Will an, der sich seinerseits an den Roboter wandte.

»Bringe uns zu unserem Ausgangspunkt zurück«, sagte er.

Der Roboter blieb reglos stehen, während er nachzudenken schien. »Ausgangspunkt kann nicht bestimmt werden.«

»Ich meine nicht die Erde. Ich meine, bringe diesen Aufzug zu der Stelle zurück, von der er gekommen ist.«

»Zugriff verweigert«, kam die prompte Antwort.

»Bitte steigen Sie doch aus.« Sie drehten sich erschrocken zu der neuen Stimme herum, die im gekachelten Raum ertönt war. Maureen blinzelte. Einen Augenblick lang war sie fast sicher, eines von Pennys dreidimensionalen Werbevideos für die neuesten Modetrends zu sehen. Als letztes, bevor sie aufgebrochen waren, war Körperfarbe schwer in Mode gekommen. Die Kleidung dagegen hatte sich wieder der Mode um die Mitte des zwanzigsten Jahrhunderts angenähert.

Die dunkelgrüne Person, die allein mitten im Raum stand, trug allerdings nichts, was an die Mode des zwanzigsten Jahrhunderts auf der Erde erinnerte. Er – Maureen war ziemlich sicher, daß es sich trotz der langen Haare um ein männliches Wesen handelte – trug verschiedene Schichten von Tüchern in gedämpften Farben, die umeinander und übereinander gelegt oder gewickelt waren. Sogar die Schuhe schienen aus gewickeltem Tuch zu bestehen. Am Halsansatz klebte ein kleiner, glänzender Gegenstand, offenbar aus Metall. Und genau wie sie trug er einen Übersetzungskopfhörer.

»Bitte kommen Sie doch heraus«, sagte er. »Hier droht Ihnen keine Gefahr.«

»Nehmen Sie es nicht persönlich«, sagte Don, »aber warum sollten wir Ihnen vertrauen?«

»Wir vertrauen Ihnen doch auch«, sagte der grüne Mann.

Maureen hätte beinahe lauthals gelacht. »Das ist eine Logik, der man nicht viel entgegensetzen kann«, murmelte sie.

»Wir würden gern zu unserem Schiff zurückkehren«, sagte John mit fester Stimme, um zu verdeutlichen, daß dieser Punkt nicht zur Diskussion stand. »Ich meine das Fahrzeug, mit dem wir gekommen sind.«

»Aber möchten Sie denn nicht noch eine Weile draußen bleiben? Oder sind Sie mit einer Haftstrafe belegt worden und müssen deshalb rasch zurückkehren?«

Maureen sah zu John. Sie war verlegen und kam sich ziemlich dumm vor. »Müssen wir eigentlich alle Leute beleidigen, denen wir begegnen?«

Don erwiderte den Blick einen Moment, dann wandte er sich an Don West, der nur mit den Achseln zuckte.

»Es gibt eben Leute, die daran gewöhnt sind, den Elefanten im Porzellanladen zu spielen«, sagte er. »Das bringt der Job so mit sich.«

John runzelte die Stirn. »Es könnte nicht schaden, wenn wir uns so langsam mal bemühen, ein paar Freunde zu finden.«

Don West verzog skeptisch das Gesicht.

»Überlegen Sie sich mal folgendes«, fuhr John fort. »Was können wir hier auf uns allein gestellt schon erreichen? Ohne Hilfe kommen wir nicht weiter.«

»Kommen Sie doch heraus«, drängte sie der dunkelgrüne Mann. Seine Stimme klang sanft und beinahe flehend. »Es ist Zeit zum Dekomponieren.«

Don legte eine Hand auf die Waffe. »Dekomponieren? Was wollen Sie dekomponieren?«

»Ihre Formation«, sagte der dunkelgrüne Mann. »Sie können jetzt Ihre Formation dekomponieren.«

Smith seufzte laut und drückte sich die Handflächen auf die Schläfen. »Je eher desto besser.«

9

Dekomponiert zu sein, dachte Zachary Smith, vom Kiss innig umfangen und selig benebelt, das war überhaupt die einzige Art, wie man es ertragen konnte. Was das Verständnis für die Gruppendynamik und die Bedürfnisse des Individuums anging, konnte man sich ruhig einer Gesellschaft anvertrauen, die ständig in einem geschlossenen Raum lebte und mit den entsprechenden Unannehmlichkeiten Erfahrung hatte.

Das gilt besonders für jemanden, der regelmäßig seine Drogentrips braucht, was, Zack?

Mit diesen Worten hatte Judy sich verabschiedet, als sie sich zum letzten Mal gesehen hatten. Der Hieb hatte gesessen, aber inzwischen sah er es etwas gelassener. Wenn sie seinen Platz in der Gruppendynamik der Robinsons an Bord der *Jupiter 2* hätte einnehmen müssen, dann hätte auch sie zu Drogen gegriffen, das war überhaupt keine Frage. Aber sie hatte gut reden, weil sie nicht in dieser Situation steckte, und so konnte sie sich in ihren Elfenbeinturm verkriechen und geringschätzig auf Ärzte hinabschauen, die Drogen nahmen.

Wenn er überhaupt etwas haßte, dann waren das Ärzte, die ihr Berufsethos ernst nahmen. Diese Typen hatte er schon während des Medizinstudiums hassen gelernt. Typen, denen es nie an irgend etwas gefehlt hatte, die sich niemals hatten sorgen müssen, ob sie noch die Miete für den nächsten Monat aufbringen konnten oder ob man ihnen den Strom abstellen würde. Typen, die noch nie in die Verlegenheit gekommen waren, sich mit den schleimigen, schmierigen Teufeln einzulassen, die es auf arme Studenten abgesehen hatten; auf arme Schlucker wie ihn, die auf die Zulassung zum Medizinstudium warteten, das sie sich eigentlich nicht leisten konnten.

Aber nein, ausgerechnet die armseligsten Exemplare der Menschheit, deren Fingerknöchel beim Laufen fast über den Boden schleiften und neben denen der kindische Pilotenlümmel West mit seinem Erbsenhirn ausgesehen hätte wie ein Nobelpreisträger – ausgerechnet die mußten sich niemals Sorgen machen, weil sie die Kinder reicher Männer und Frauen waren. Dabei spielte es keine Rolle, daß die beste Ausbildung, die man für Geld kaufen konnte, bei ihnen vergebliche Liebesmüh war. Was zählte, war allein die Tatsache, daß sie es sich leisten konnten.

Aber jetzt war es Zachary Smith, der zuletzt und am besten lachen durfte, denn er saß bequem und sicher in einer eigenartigen, aber eindeutig lebenswerten Hohlwelt. Sollte die Erde doch an ihrem eigenen Dreck ersticken, dachte er boshaft. Falls das nicht sowieso schon passiert war.

Der goldene Dunst, der seine Sehnerven überlagert hatte, klärte sich etwas, gerade weit genug, daß er die Umgebung bewundern konnte. Nach Maßstäben der Erde war es nicht einmal besonders luxuriös, aber nach den Maßstäben dieser Welt hier gehörte er jetzt eindeutig zur Oberschicht. Er hatte ein ganzes Apartment, eine ganze Wohnung, ganz allein für sich.

Nun ja, eigentlich war es nur ein einziges großes Wohnzimmer, aber dafür war es wirklich groß. Größer als alle Räume auf der *Jupiter 2*, ausgenommen höchstens den Maschinenraum und die Brücke. Größer jedenfalls als das eheliche Gemach der Robinsons. Manchmal, wenn er auf dem Höhepunkt eines Kiss- Rausches dahinschwebte, schien das Zimmer einige Meilen groß zu sein. Und er hatte es ganz allein für sich.

So sollte es auch bleiben, wenn es nach ihm ging. Oh, sicher, vielleicht würde er mal jemanden einladen – Judy beispielsweise –, um sich ein paar schöne Stunden zu machen, aber das wäre es dann auch gewesen. Er wollte nie wieder mit irgendeinem anderen intelligenten Wesen auf engstem Raum zusammenleben müssen.

Ganz anders diese Robinsons. Mami und Papi Robinson hatten darauf bestanden, zusammen mit ihren jüngsten Kindern untergebracht zu werden. Er wunderte sich schon, daß sie es überhaupt zu zweit miteinander aushielten. Ach, das Bürgertum, das sich auch dann noch an die konventionellen Verhaltensweisen hielt, wenn es niemanden interessierte, was sie taten. Fast so, als gäbe es irgendein höheres Wesen oder einen Gott, der genau aufpaßte, was sie machten.

Falls es so ein höheres Wesen gab, dann dachte es wahrscheinlich, daß die beiden ziemlich dumm waren, wenn sie sich nicht dekomponieren ließen, obwohl sie doch die Gelegenheit dazu bekommen hatten.

Dekomponieren. Manchmal dachte er, das sei das seltsamste Wort, das er je gehört hatte. Eigenartig, daß die Übersetzungsmaschine ausgerechnet dieses Wort benutzt hatte und nicht ein anderes wie... aber an dieser Stelle wollte ihm einfach nichts einfallen. Nicht einmal unter dem Einfluß von Kiss. Es bedeutete nicht töten, beseitigen oder vernichten. *Auseinan-*

76

dernehmen, das war der Sinn. Und zu Smiths Freude waren sie tatsächlich auseinandergenommen worden.

Verstreut, das traf es recht gut. Aber die Bewohner dieser Welt hier hatten natürlich keine Ahnung, was es bedeutete, *wirklich* verstreut zu sein. Verteilt. Aufgelöst.

Geschieden.

Was für eine Erleichterung das wäre, dachte er innerlich lachend. Es wäre eine große Erleichterung für alle, die darunter leiden mußten, daß die Robinsons so stur auf Familie machten. Er würde sich nicht wundern, wenn er irgendwann in den nächsten subjektiven Monaten – hier wurde die Zeit anders gemessen als auf der Erde, aber er hatte es noch nicht richtig durchschaut – die Nachricht bekommen würde, daß Mama Robinson ein Baby erwartete. Wahrscheinlich würden sie den Kleinen John-Boy nennen.

Dann wäre wirklich alles perfekt. So perfekt, daß er wahrscheinlich kotzen mußte. Natürlich hätte es auch viel schlimmer kommen können. John-Boy hätte schon während ihres Irrflugs durchs All geboren werden können. Er wußte genau, wen sie zum Babysitten eingeteilt hätten.

Er fand den Gedanken amüsant. Er begann laut zu lachen und konnte nicht mehr an sich halten.

Eine Weile später, als er wieder zu sich kam, war er halb von dem Futonbett heruntergerutscht und starrte das Muster an der Decke an, während er langsam wieder zu Atem kam. Er war inzwischen beinahe sicher, daß die Muster wirklich dort waren. Dann fiel ihm ein, daß er sich ja auch vergewissern konnte, wenn er gegen Ende dieser und vor Einnahme der nächsten Dosis auf den Schreibtisch stieg und die Wellenmuster unter der Decke mit den Fingern abtastete. Er mußte es einfach wissen.

Unter anderen Bedingungen hätte er sich angesichts dieser Idee selbst für dumm und albern gehalten, aber inzwischen wußte er den Luxus, daß er sich dumme und alberne Dinge erlauben konnte, durchaus zu schätzen; es tat gut, nicht immer nur ökonomisch und praktisch denken zu müssen.

Nicht, daß er ewig hierbleiben würde, ganz egal, was die heilige Dr. Judy Robinson sich dachte. Aber nachdem er an Bord der verdammten *Jupiter 2* ein echter Gefangener gewesen war – der einzige, der sich nicht freiwillig an Bord befand –, mußte er sich eine Weile frei nehmen, etwas Luft bekommen, sich ein bißchen gehen lassen. Nur gut, daß er endlich Ruhe hatte und nicht mehr gestört wurde.

Außerdem hatte er soviel Rohmaterial für Kiss, wie er es sich nur wünschen konnte. Ihre neuen Freunde – nein, *seine* neuen Freunde – hatten es ihm freundlicherweise zur Verfügung gestellt. Er bezweifelte, daß sie große Lust hatten, sich auch mit Judy und den anderen Heiligen dieser Familie bekannt zu machen. Seine neuen Freunde wußten Rauschmittel zu schätzen und waren offen für alle Neuerungen auf diesem Gebiet, und wenn er sich nicht irrte, dann hatten sie sogar gewisse Vorstellungen, wie man die Drogen profitabel in das System einführen konnte. Sie würden bald vorbeikommen, um die Einzelheiten mit ihm zu besprechen, erinnerte er sich. Den genauen Zeitpunkt hatte er allerdings vergessen.

Irgendwo war ein Geräusch zu hören, das an Kirchenglocken erinnerte. Er brauchte einen Augenblick, um sich zu erinnern, daß dieses Geräusch von einer Vorrichtung kam, die man auf der Erde als Türklingel bezeichnet hätte. Es war ein gekrümmtes Metallstück mit einem kleinen Stab, an dem ein Seil hing. Mit Hilfe des Seils zog man den Metallstab gegen die runde Hülle wie bei einem Gong. Es wurde keine künstlich hergestellte Energie darauf verschwendet, jemandem seinen Besuch anzukündigen. Smith fand diese Regelung erstaunlich praktisch und vernünftig, auch wenn er grundsätzlich nicht gern über Geräusche nachdachte, die mit einer Störung seiner Abgeschiedenheit zu tun hatten.

Wie auch immer, anscheinend standen seine neuen Freunde vor der Tür und wollten hereinkommen und mit ihm über dieses und jenes plaudern. Zu schade, daß er keinen Agenten hatte, dachte er. Aber kommt Zeit, kommt Rat. Nicht lange, und er konnte alles haben, was er wollte, und ein paar andere

Sachen dazu, von denen er jetzt noch gar nicht wußte, daß er sie würde haben wollen. Es zahlte sich eben aus, wenn man von Anfang an dabei war und eine neue Industrie aus dem Boden stampfte. Teufel, dachte er, als er sich von der Couch hochdrückte und durch das große Zimmer zur Tür ging, vielleicht konnte er sogar die Entwicklung der Sprache beeinflussen und dafür sorgen, daß man ihn Dr. Sonnenschein nannte, statt ihn als Dealer oder Pusher zu bezeichnen...

Er öffnete die Tür auf, starrte hinaus und schwieg. Es hatte ihm die Sprache verschlagen.

»Was ist denn, Zack?« sagte Judy. »Haben Sie meinen Namen vergessen? Können Sie sich nicht mehr an mein Gesicht erinnern?«

»Judith«, sagte er schließlich. »Sie... was wollen Sie hier?«

Sie trat ein, schob ihn sachte mit einer Hand zur Seite und sah sich um. »Wie ich sehe, haben Sie sich ein hübsches großes Zimmer verschafft. Oder wirkt der Raum nur deshalb so riesig, weil es hier kaum Möbel gibt?«

Er blinzelte sie hilflos an.

»Oder können Sie sich einfach nicht entscheiden?« Sie trat zu ihm und verschränkte die Arme vor der Brust. Sie trug die Kleidung der Einheimischen und war in dunkelgrüne Tücher gewickelt, die ihrem Haar das Aussehen von gesponnenem Gold gaben. Der Stoff hing locker um ihre Schultern und lag nicht straff an wie sonst, und er sah Ohrringe funkeln. Er hatte sich schon immer gefragt, welche Art von Schmuck ihr gefallen mochte.

»Was wollen Sie?« fragte er nach ein paar Augenblicken noch einmal. Er sah sie neugierig an.

»Das frage ich mich auch schon die ganze Zeit«, erwiderte sie, was ihn beinahe zur Weißglut reizte. »Ich sage mir immer wieder, daß es mich eigentlich nichts angeht, denn wenn es nach Ihnen gegangen wäre, dann würden Sie jetzt irgendwo als reicher Mann Ihre Rente genießen, während ich überhaupt nicht mehr leben würde. Sie hätten mich umgebracht, ohne mit der Wimper zu zucken, und deshalb frage ich mich die ganze Zeit, warum ich überhaupt einen Gedanken auf Sie verschwende. Eigentlich fällt mir als Begründung nur mein Berufsethos ein.« Sie sah ihn mit harten Augen scharf an, und er war viel zu bedröhnt, um den Blick abzuwenden. »Vielleicht sind es die gleichen Gründe, aus denen ich meinen Beruf ergriffen habe.«

Smith schüttelte verwirrt den Kopf.

»Haben Sie nicht verstanden, was ich gerade gesagt habe?« fragte Judy ihn.

»Nein, irgendwie nicht.« Er war auch zu berauscht, um zu lügen.

»Ich dachte es mir.« Sie hielt inne und überlegte. »Ich habe in einem Gebäude der medizinischen Fakultät einen Raum im Zwischenstock bekommen. Ich darf das Labor benutzen, und ich muß sagen, bei einem solchen Angebot kann ich nur mit der Zunge schnalzen falls Sie mir die Anspielung auf Ihren Drogenkonsum verzeihen.«

Er mußte eben einfach warten, bis sie zur Sache kam. Irgendwo in seinem Schädel lösten sich allmählich sogar die Dunstschwaden auf, obwohl er versuchte, sie dicht, dunkel und undurchdringlich zu halten.

Sie schnaufte ungeduldig. »Ich weiß zufällig, daß es dort noch ein paar freie Plätze gibt. Für jemanden, der sich für die Forschung interessiert, gibt es auch einen Arbeitsplatz im Labor. Die Forschungen dieser Leute über Immunologie und Langlebigkeit sind ...« Sie hielt inne und sah ihn mit zusammengekniffenen Augen scharf an. »Hallo? Können Sie mir folgen?« Er schloß einen Moment die Augen. »Immunologie und Langlebigkeit. Und?«

Sie nickte. »Aber Sie möchten Ihren Verstand, Ihre Ausbildung und das, was von Ihrem Leben noch übrig ist, lieber auf diese Weise verschwenden, stimmt's?«

Eigentlich wollte er sie anfauchen: *Sie haben das, was von meinem Trip noch übrig war, mit Ihrem sinnlosen Geschwätz gründlich ruiniert.* Aber die Worte wollten nicht aus seinem Mund heraus. Vielleicht, weil er ganz genau wußte, daß solche Einwände bei ihr nutzlos gewesen wären. Was wußte sie schon davon, daß andere Leute Betäubungsmittel oder Schmerzmittel brauchten? Sie hatte noch nie im Leben wirkliche Schmerzen gehabt. Verursacht hatte sie genügend Schmerzen, aber selbst erlebt hatte sie es noch nicht.

»Ach, es ist zum Heulen«, sagte sie angewidert. »Sie schaffen es ja noch nicht einmal, mir zu sagen, daß ich zur Hölle fahren soll. Der große Saboteur, der gescheiterte Terrorist. Sie schaffen es nicht einmal, sich auf die Hinterbeine zu stellen und zu kämpfen wie ein Mann. Sie möchten lieber high sein.«

Er zuckte und fragte sich, ob sie erwartete, darauf eine Antwort zu bekommen. Anscheinend war sie einer jener unglücklichen Menschen, die glaubten, ein interessantes Gespräch bestünde darin, dem Gegenüber jede Möglichkeit zum Antworten zu nehmen.

»Also gut. Dann machen Sie, was Sie wollen. Das haben Sie ja sowieso schon immer gemacht, soweit man Sie nicht mit Gewalt davon abgehalten hat. Stimmt es nicht? Es stimmt. Aber ich kann wenigstens sagen, daß ich es versucht habe.« Sie drehte sich um und wollte zur Tür. Smith starrte ihr mit einer Mischung aus Erleichterung und Kummer nach.

In der offenen Tür hielt sie noch einmal einen Augenblick inne, drehte sich um und starrte ihn an. »Auch wenn es dumm ist, aber das Angebot steht nach wie vor. Wenn Sie irgendwann mal Lust haben, auszunüchtern und wieder lebendig zu werden, dann sagen Sie mir Bescheid.« Sie nickte in Richtung der Com-Einheit neben der Tür, die als Telefon und Emailempfänger diente. Dann zögerte sie. Ich würde Sie jetzt gern fragen, ob Sie überhaupt wissen, wie das Ding funktioniert, aber ich fürchte, Sie interessieren sich ohnehin nicht dafür, nicht wahr? Meine Bemühungen sind wohl ebenso verschwendet wie mein Mitgefühl.«

»Man schürzt die Lippen und bläst«, platzte er heraus, ehe er sich's versah. Aber zu seiner Befriedigung stellte er fest, daß er sie aus der Fassung gebracht hatte. Endlich hatte er es mal geschafft, sie sprachlos zu machen. Ihr fiel nicht einmal mehr eine ironische Erwiderung ein, und so ging sie ohne ein weiteres Wort und warf energisch die Tür hinter sich zu.

Er wußte, daß sich ein vielsagendes Pfeifen à la Bogart an dieser Stelle nicht schlecht gemacht hätte, auch wenn es außer ihm selbst niemand mehr hören konnte, nachdem sie gegangen war. Aber die traurige Wahrheit war, daß es sich bei Zachary Smith um einen jener bedauernswerten Menschen handelte, die einfach nicht pfeifen konnten, und wenn ihr Leben davon abhing.

10

Und jetzt, dachte John Robinson ein wenig nervös, jetzt kommt der Teil, wo wir entscheiden dürfen, ob wir glücklich weiterleben wollen bis ans Ende unserer Tage, und wenn wir nicht gestorben sind, und so weiter.

Er saß allein auf einer Bank in einem Raum, den man auf der Erde als Galerie für Skulpturen bezeichnet hätte. Nur, daß es auf der Erde vielleicht eher ein Garten mit Skulpturen in einem Park gewesen wäre. Egal. Die Erde, das war ein Thema, das für sie gewissermaßen gestorben war; oder erledigt, um es weniger zynisch auszudrücken.

Vielleicht würden Will und Penny sich leicht einleben können, überlegte er, als zwei junge Einwohner in der rustikalen Kleidung, die hier anscheinend gerade in Mode war, an ihm vorbeigingen. Er bemerkte, daß sie sich angeregt unterhielten, auch wenn der Austausch eine seltsame Mischung aus Gesten und Körpersprache war und ganz ohne gesprochene Worte auskam. Doch selbst wenn die beiden laut gesprochen hätten, wäre er nicht imstande gewesen, sie zu verstehen, denn er hatte den Kopfhörer in der Wohnung gelassen, die man ihm und Maureen zur Verfügung gestellt hatte.

Er konnte nicht sagen, warum er sich auf seinem Spaziergang absichtlich taub stellte. Er legte damit im Grunde genau jene passive und zugleich doch sehr aggressive Aufsässigkeit an den Tag, die er besonders verabscheute. Wahrscheinlich war es an diesem Ort mindestens so unsozial wie Diebstahl oder Vandalismus, wenn man ohne Übersetzungsgerät auf die Straße ging. Natürlich waren die Einwohner hier nicht auf die großen, unbequemen Kopfhörer angewiesen, die man ihnen gegeben hatte. Wie ihr Gastgeber (er glaubte, die Funktion des Alien damit einigermaßen treffend zu beschreiben) Inrica ihnen erklärt hatte, lieferte bei den Einwohnern ein kleines Implantat, das direkt hinter den Ohren in die Haut eingesetzt wurde, die Übersetzungen. John hatte noch fragen wollen, warum man hier überhaupt Übersetzungsgeräte brauchte, aber entweder hatten die anderen auf einmal das Thema gewechselt, oder die Kopfhörer hatten genau in diesem Augenblick versagt, so daß er die Erklärung nicht mitbekommen hatte.

Später, als sie wieder allein waren, hatte Maureen ihn darauf hingewiesen, daß sie möglicherweise sogar mit den Kopfhörer eine Menge verpaßten.

Allein. Allein mit Maureen. Zum ersten Mal seit ziemlich langer Zeit waren sie wirklich allein. In ihrer Wohnung hatten Penny und Will und auf Johns Drängen auch Don West eigene Räume bekommen. Don West hatte keine Einwände erhoben.

Will und Penny hatten eine Einladung von Inrica angenommen, eine Stadtrundfahrt zu machen, und waren begeistert hinausgestürmt. Don war ihnen gefolgt und hatte Maureen mit einem Blick zu verstehen gegeben, daß er auf die Kinder aufpassen würde.

In dem schlagartig menschenleeren Apartment hatten er und Maureen sich eine Weile wie vor den Kopf geschlagen gegenübergestanden, viel zu überrascht, um zu begreifen, daß sie nicht mehr auf der *Jupiter* 2 waren.

»Und was jetzt?« hatte er nach einer kleinen Ewigkeit gefragt. Sie brauchte anscheinend mindestens genauso lange, um ihm zu antworten.

»Mir lag etwas auf der Zunge wie ›Schau mal, wie schnell

sie vergessen‹, oder ›Keine Sorge, es ist ja nur ein kleiner Ausflug‹, aber witzig kann man eigentlich nur sein, wenn man
sich seiner Sache sicher ist.« Ihr Gesichtsausdruck schwankte
zwischen Zorn und Sorge, und er war sicher, daß er selbst
nicht anders aussah. »Ich bin jedenfalls ziemlich überwäl-
tigt.« Sie wich seinem Blick aus und wollte sich abwenden.

Er hielt sie am Arm fest. »Ich weiß. Mir geht es genau wie
dir. Es stimmt schon, was die alten Sprüche sagen: Daß man
erst weiß, was man hat, wenn man es verliert.«

Sie starrte ihn beunruhigt an. »Ach, wirklich?«

»Yeah. In diesem Falle ist es die Gewißheit.«

Sie machte große Augen. »Was meinst du damit?«

»Ich persönlich habe nie erkannt, wie viele Dinge es in meinem Leben gab, die absolut sicher waren und die sich Tag für
Tag mit absoluter Gewißheit wiederholt haben. Meine Gewißheit darüber, wie mein Leben verlaufen und was geschehen
würde, war so groß, daß ich überhaupt nicht mehr bewußt
darüber nachgedacht habe, daß es auch anders hätte sein können.« Er lachte kurz. »Ich weiß noch genau, wie mein Vater
einmal von einem Wunderknaben erzählt hat, den sie als Stra-
tegen angeheuert hatten. Der Junge war noch ein halbes Kind,
höchstens siebzehn, aber er hatte ein Gehirn in der Größe eines Kontinents. Ich weiß noch, wie er meiner Mutter erzählt
hat, daß der Junge wirklich brillant sei, aber völlig verkopft.
Er habe nicht die geringste Lebenserfahrung. Und mein Vater
meinte dazu: ›Der Junge wird sein ganzes Leben brauchen,
um allein das zu lernen, was ich in bezug auf militärische Stra-
tegie vergessen habe.‹ So ähnlich fühle ich mich jetzt auch.
Weil ich auf der Erde nicht mehr sehen konnte, wie gut es mir
eigentlich ging, werde ich jetzt den Rest meines Lebens brauchen, um hier gut leben zu lernen.«

Dann lagen sie einander in den Armen, hielten sich fest und
umklammerten sich, als würden sie, wenn sie losließen, in
einen tiefen, dunklen Abgrund stürzen. Sie hielten sich und
versicherten sich gegenseitig ihrer Menschlichkeit, und dann
waren sie einfach nur noch zwei Menschen, die einander zu-

getan waren. Ein Teil der Sicherheit, die zwei Liebende, die sich lange kennen, einander schenken können, kehrte zurück.

Ja, es hatte sich etwas verändert. Danach lagen sie auf dem Futon, immer noch eng umschlungen, aber die Verzweiflung war verflogen. »Ich will deine Schwimmweste sein«, sagte Maureen, »wenn du die meine sein kannst.«

Er küßte sie auf die Stirn. »Abgemacht.«

Seine Schwimmweste war dabei, Informationen über die Lebensmittelproduktion zu sammeln, aber er hatte den Eindruck, daß die Recherchen nicht sehr erfolgreich verliefen. Maureen hatte, wie die Einwohner ihr zu verstehen gaben, keinen Grund, sich nach der Lebensmittelproduktion zu erkundigen. Und auch seiner Meinung nach war das kein Thema, auf das man zuviel Zeit verschwenden sollte. Die Lebensmittel in diesem Teil der Welt waren kein sonderlich interessantes Forschungsobjekt, und selbst mit dem Wort ›langweilig‹ hätte man ihnen noch geschmeichelt. Das Zeug kam vom Fließband und wurde zu Formen gepreßt, die an Kekse oder Brötchen erinnerten. Die Zutaten waren aufeinander abgestimmt, damit man keinesfalls Verdauungsstörungen oder Sodbrennen bekam. Er mußte daran denken, wie schwierig es auf dieser Welt wäre, das Essen als ein Vergnügen zu verstehen, bei dem man gesellig zusammensaß. Andererseits, überlegte er, war es eine der unangenehmen Facetten des Lebens auf der Erde gewesen, daß eine Hälfte der Menschheit sich zu Tode vergnügte, während die andere verhungerte und verdurstete. Vielleicht war es doch keine so schlechte Idee, es so zu halten wie die Leute hier.

Zu gegebener Zeit, hatte Inrica ihnen versprochen, würden alle ihre Fragen, wie die Hohlwelt funktionierte, beantwortet werden. John konnte den Gedanken nicht abschütteln, daß der gedrungene junge Mann, der ungefähr in Don Wests Alter zu sein schien, auch wenn er kaum größer war als Will, ihre Unwissenheit grotesk finden mußte. Vielleicht waren sie für Inrica so etwas wie interstellare Landeier. Ihre Erzählungen über das Leben an der Oberfläche ihrer Heimatwelt waren mit höflicher Skepsis aufgenommen worden, als wären sie Barbaren, die von einer unbekannten Insel mitten im Meer herbeigesegelt kamen und lauthals verkündeten, sie wären gerade vom Rand der flachen Erde gekippt.

Wenigstens wirkte die Skepsis eher höflich als verächtlich oder überheblich. Ihm fiel ein, daß diese Höflichkeit wahrscheinlich ein wichtiger Faktor dafür war, daß die Hohlwelt hatte überleben können. Wie lang diese Zeitspanne auch gewesen sein mochte – denn wann immer er fragte, wurden die Fragen nach Uhren und Kalendern einfach mit der Behauptung weggewischt, daß die Antworten ihm nichts sagen würden. Aber es gab Anzeichen dafür, daß dies eine langlebige Zivilisation war, auch wenn hier keine Fossilien existierten. Die Bewohner hatten in ihrer begrenzten Welt nicht nur lange überlebt, sondern sich sogar weiterentwickelt. Vielleicht hatte sogar etwas wie eine Evolution stattgefunden. Er mußte Maureen und Judy danach fragen. Irgend etwas mußten sie doch wohl richtig gemacht haben und es immer noch richtig machen.

Plötzlich stellte er sich vor, wie er nach ihrer langen Irrfahrt durch das Weltall auf die Erde zurückkehrte und über dieses Thema einen längeren Vortrag hielt. Was würde das für eine Pressekonferenz werden! (Vorausgesetzt natürlich, es würde noch so etwas wie Pressekonferenzen geben). *Houston, heutiges Datum: Im Weltraum gestrandeter Wissenschaftler enthüllt das große Geheimnis, welches das Überleben der Menschheit sichern soll: die Worte ›Bitte‹ und ›Danke‹.* Auf der Erde, falls sie noch da wäre und falls die Erde immer noch dem Planeten ähnelte, den sie kannten, würde man solchen Verlautbarungen nicht gerade mit höflicher Skepsis begegnen. Und das wiederum bewiese eindeutig, daß man auf der Erde noch nicht begriffen hatte, worum es wirklich ging.

Vielleicht wäre es doch nicht so gut, zur Erde zurückzukehren, wenn du sowieso schon weißt, was dort geschehen wird.

Der Gedanke hallte lange in seinem Kopf nach, und er begriff, daß er die Hoffnung, die Erde wiederzusehen, immer noch nicht ganz aufgegeben hatte. So weit, nahm er sich vor, würde er es ganz bestimmt nicht kommen lassen.

Will sah sich neugierig um. Der Raum war so groß wie der Festsaal seiner Schule in Houston, und anscheinend war hier etwas wie eine Computer- und Wissenschaftsausstellung im Gange. Nur, daß die vielfarbigen Teilnehmer überwiegend in Judys Alter waren. Unter ihnen befanden sich nur wenige ältere Personen und überhaupt keine Kinder. Jeder verfügte über einen eigenen Arbeitsbereich, der auf die Bedürfnisse des Benutzers zugeschnitten war. Einige saßen an langen Tischen, andere hatten mehrere Regale und verstellbare Arbeitsplatten zusammengebaut, eine Frau hatte ihren Kram einfach auf einem Tuch auf dem Boden ausgebreitet. Manche Leute arbeiteten ausschließlich mit Hologrammen, ohne Werkzeuge oder Bauteile zu benutzen. Er fragte sich, wie sie damit irgendwelche brauchbaren Ergebnisse erzielen wollte. Dann dämmerte ihm, daß die Hologramme die Projektionen von Arbeiten waren, die anderswo im Raum gerade durchgeführt wurden.

Er wandte sich an Inrica, der ihn mit einem Nicken ermunterte. »Dies hier könnte man als unser Labor für die Forschung über künstliche Intelligenz bezeichnen.«

»Cool«, sagte Will. »Wie läuft es denn so?«

Inrica deutete auf einen freien Arbeitsplatz. Nein, ganz frei war er nicht – der Roboter und sein Zwillingsbruder hockten dort nebeneinander, als hätten sie schon längere Zeit geduldig auf ihn gewartet. Sie waren auf drei Seiten von Arbeitsflächen umgeben, die er selbst nicht besser hätte einrichten können. »Wir dachten, daß Sie es sich vielleicht selbst ansehen wollen.«

Jetzt verstand er, was Penny mit der Bemerkung gemeint hatte, ihr Herz habe einen Sprung gemacht. Will wollte sofort zum Arbeitsplatz marschieren, doch dann hielt er inne.

»Ist etwas nicht in Ordnung?« fragte Inrica. Wie immer freundlich, wie immer ganz der zuvorkommende Gastgeber.

Will drehte sich langsam zu ihm herum und überlegte sich genau, wie er seine Frage formulieren mußte, damit er nicht sich selbst und allen anderen einen Haufen Scherereien einbrockte.

»Warum geben Sie mir das alles?« fragte er schließlich.

»Was haben wir Ihnen denn gegeben?« Inricas dunkelgrünes Gesicht verriet seine Verwirrung.

Will deutete auf den Arbeitsplatz.

Doch der Mann verstand offenbar immer noch nicht, was Will ihm sagen wollte. »Haben wir etwas falsch gemacht? Ist dies nicht die Art von Arbeit, für die Sie sich interessieren?«

»Nein, das meine ich nicht«, erwiderte Will. Die Sache war ihm nicht geheuer. »Ich verstehe nur nicht, warum Sie mir all dies hier zur Verfügung stellen. Warum Sie es mir einfach geben.« Er hielt inne und überlegte. »Ich meine, geben Sie hier jedem einfach alles, was er haben will?«

Die Frage schien Inricas Verwirrung noch zu steigern, falls das überhaupt möglich war. »Um es so ausdrücken, wie Ihr eigenes Experiment in künstlicher Intelligenz es gesagt hätte: ›Nicht genügend Daten‹.«

»Sie meinen, Sie verstehen mich nicht?«

»Nein.«

»Aber ... « Will rang um die richtigen Worte. Es gab da eine Grundannahme, die er und Inrica nicht teilten; soviel konnte er anhand seiner Ausbildung in allgemeiner Logik feststellen. Aber er hatte noch nicht genügend Informationen, um zu bestimmen, worin genau diese Grundannahme bestand.

»Wie macht ihr es in eurer kleinen Welt?« sagte Inrica auf einmal. »Sie und Ihre Familie. Geben Sie einander nicht auch alles, was Sie brauchen?«

Will zwinkerte verwundert. »Was denn zum Beispiel?«

»Arbeit. Nahrung. Einen Platz zum Schlafen.«

»Oh, sicher doch. Ich meine ... nein, eigentlich nicht. Wir ... wir gehören alle zur Mannschaft. Wir sind zugleich Familie und Mannschaft. Wir sind einer Meinung. Mehr oder weniger jedenfalls. Ich meine ... also, es war eine gemeinsame

Mission. Jeder wußte, was er zu tun hatte...« Will seufzte schwer. »Ich weiß nicht, ob ich das richtig erklären kann. Sie müßten da wohl besser mit meiner Mutter und meinem Vater reden. Vielleicht auch mit Major West. Er gehört eigentlich nicht zur Familie. Oder besser, er hat am Anfang nicht dazugehört, aber wie die Mission verlaufen ist, gehört er jetzt wohl dazu. Ich meine, für uns gibt es keinen Unterschied zwischen Familie und Crew...« Er brach ab, als ihm endlich dämmerte, wo das Mißverständnis lag.

»Das ist hier nicht anders«, erklärte Inrica. »Es kann gar nicht anders sein. Unser Platz ist sehr begrenzt. Wir wissen alle, was wir zu tun haben. Jeder von uns will das tun, was er tun muß. Was Sie als ›Mission‹ bezeichnen, ist für uns eine Lebensart.«

»Ich glaube, das stimmt irgendwie nicht«, erwiderte Will, »aber ich kann im Augenblick nicht richtig packen, wo der Haken ist.« Er dachte noch eine Weile darüber nach. »Wie schaffen Sie es, daß jeder genau das tun will, was er tun muß?«

Inrica sah ihn wieder verwirrt an. »Wie schaffen Sie das denn?«

»Sie meinen, bei uns auf der *Jupiter 2*?« Will zuckte mit den Achseln. »Wir tun es eben einfach. Wir sind, wie wir sind.«

»Damit haben Sie Ihre Frage selbst beantwortet.« Inrica führte ihn zu seinem neuen Arbeitsplatz. »Und jetzt machen Sie doch bitte eine Liste der Dinge, die Sie bereits haben und eine weitere Liste der Dinge, die Sie noch brauchen, damit wir sie Ihnen...«

»Eine Frage habe ich noch.« Will blieb stehen und zwang auch seinen Führer, stehenzubleiben.

Inrica nickte geduldig. Eins mußte man dieser Welt lassen, dachte Will, die meisten Leute hier schienen wirklich sehr geduldig zu sein. Natürlich abgesehen von den Leuten, die leuchteten.

»Was machen Sie mit denjenigen, die nicht das tun wollen, was man ihnen sagt?«

»Aber warum sollte man ihnen überhaupt etwas sagen müssen?« fragte Inrica zurück.

»Wie sonst sollen sie es erfahren?«

Inrica schüttelte den Kopf. »Hat man Ihnen gesagt, daß Sie sich für künstliche Intelligenz zu interessieren haben?«

»Nein. Ich habe mich einfach dafür interessiert. Aber ich wußte es erst, als ich etwas darüber gehört hatte.«

»Also haben Sie es gelernt«, sagte Inrica glücklich, als wäre damit alles erklärt. Er wandte sich zum Gehen.

»Nein, warten Sie.« Will wurde es allmählich zu bunt. »Was machen Sie denn, wenn jemand etwas lernt oder erfährt und dann feststellt, daß er sich nicht dafür interessiert? Wenn jemand sich beispielsweise zunächst für die künstliche Intelligenz hier interessiert, sich aber nach einer Weile nicht weiter damit beschäftigen will? Was passiert, wenn Sie jemanden brauchen, der sich damit beschäftigt, und der Betreffende will es dann nicht?«

Inrica drehte auf eine Weise, die Will inzwischen als Achselzucken zu deuten wußte, langsam den Kopf hin und her. »Ich weiß es nicht. So jemanden hatten wir hier noch nicht.«

Will starrte ihm nach, als er sich entfernte, viel zu verblüfft, um ihn zurückzurufen und ihn um eine Erklärung für diese Behauptung zu bitten.

Eines war ihm jedoch jetzt schon klar. Er war ziemlich sicher, daß ihm die Erklärung, wenn er sie eines Tages hören würde, nicht gefallen würde.

Er lehnte sich auf eine der Arbeitsplatten und wünschte, er hätte nicht so begierig versucht, möglichst schnell von den anderen fortzukommen. Vor allem wünschte er, Penny hätte dies hören können, bevor er sie dort zurückgelassen hatte, wo all die Künstler waren. Falls es sich bei diesen Leuten tatsächlich um Künstler handelte.

Und falls das Wort ›Künstler‹ hier das gleiche bedeutete wie daheim ...

»O Mann«, murmelte er.

Der Roboter, der hinter der Arbeitsplatte stand – es war

sein eigener – erwachte auf einmal zum Leben. »Stimmanalyse weist auf Entwicklung eines Problems oder mehrerer Probleme hin«, sagte er. »Robot entdeckt jedoch keine mechanischen Fehlfunktionen im System.«

Das Kinn auf die Fäuste gestemmt, sah Will ihn nachdenklich an. »Da läßt sich bestimmt was machen.«

11

»Leuchtende Leute?« Der hellgrüne Mann und seine beiden hellgrünen Begleiterinnen sahen einander nicht an, aber Zachary Smith hatte das unbestimmte Gefühl, daß irgend etwas zwischen ihnen hin und her ging. Vielleicht löste auch der Abbruch seines Drogenrauschs zusammen mit dem Kulturschock eine Art Paranoia aus. Hatte er nicht mal jemanden gekannt, der genauso geredet hatte? Einer seiner früheren Klassenkameraden oder ein Studienkollege an der medizinischen Fakultät der Universität Houston vielleicht?

»Was für leuchtende Leute?« fragte der hellgrüne Mann. Smith wurde klar, daß er schon zum zweitenmal gefragt hatte. Er bemühte sich, seine Gedanken wieder in geradlinige Bahnen zu lenken. Ein weiterer Nebeneffekt des dummen Abbruchs seines Drogenrauschs war die Unfähigkeit, sich zu konzentrieren. Er hatte im Augenblick die gleiche Aufmerksamkeitsspanne wie die Leute damals im zwanzigsten Jahrhundert.

»Als wir hier eingetroffen sind, hat uns derjenige, der uns in Empfang genommen und uns diese Übersetzungsgeräte gegeben hat, zu einem Ort geführt, an dem wir eine leuchtende Frau getroffen haben«, sagte Smith. Er versuchte, die Gesichter der beiden gleichzeitig zu beobachten. Ihm schoß eine Bemerkung von Don West durch den Kopf, daß es sicher keine gute Idee wäre, mit diesen Leuten zu pokern. »Ich ... wir haben sie beleidigt, und deshalb wurden wir hierher gebracht.

»Demnach hatten Sie alle gemeinsam dieses Erlebnis?«
fragte der hellgrüne Mann überrascht.

»Warum fragen Sie das?«

»Ich habe noch nie gehört, daß so viele Personen gleichzeitig das Eingangserlebnis hatten.« Er wandte sich an die Frau,
die rechts neben ihm in einem birnenförmigen Korb saß, der
mit einem Seil und einem Metallkreuz in der Decke befestigt
war. Die Konstruktion erinnerte etwas an die Trainingsgeräte,
durch die West alle Besatzungsmitglieder außer ihm selbst gescheucht hatte, dachte Smith. »Hast du so etwas schon einmal
gehört?«

»Zwei Leute, höchstens mal drei. Aber noch nie sieben auf
einmal.« Ihre seltsamen, hellen Pupillen ließen Smith auf einmal an kleine Taschenlampen denken. »Aber vielleicht war es
auch ein besonderer Fall. Die Pigmentierung scheint dies anzudeuten.«

Smith betrachtete seine Hände und dann wieder sie. Er
fühlte sich entschieden unwohl. »Wollen Sie damit sagen,
daß Sie ein Problem mit meiner Farbe haben?«

Die Frau beugte sich ein wenig vor, das eckige Gesicht ungläubig verzogen. »Wie kommen Sie denn auf die Idee?«

»Dort, wo ich herkomme, war das durchaus ein Thema.«

Die Frau, die auf der anderen Seite des Mannes saß,
schnaubte verächtlich. »Schicke ihn in sein Nest zurück, Javven«, sagte sie. »Offensichtlich hat jemand beim Dekantieren
einen ziemlich üblen Fehler gemacht.«

»Vielleicht auch nicht«, erwiderte der Mann. »Es könnte
auch ein Experiment sein. Es gibt ja gewisse Sektierer und
Gläubige auf diesem Gebiet. Hin und wieder, wenn sie glauben, es wäre absolut ungefährlich, geben sie einen Zusatz
hinein und versuchen etwas Neues ...« Er hielt inne und sah
zwischen den beiden Frauen hin und her. »Könnte man nicht
einen Visionär leicht für einen Irren halten?«

»Und wie viele Irre halten sich für Visionäre?« warf die
zweite Frau ein. »Wer könnte das entscheiden?«

»Oh, ich habe in der Tat eine Vision«, platzte Smith dazwi

schen, bevor sie sich weiter über ihn streiten konnten. »Aber es ist eine sehr praktische Vision.«

»Eine praktische Vision«, wiederholte die zweite Frau. »So etwas hätte ich auch gern einmal. Nicht, daß die andere Sorte nicht unterhaltsam wäre.«

»Ich bin froh, daß es Ihnen gefallen hat«, schnurrte Smith. »Aber die Art Vision, an die ich dachte, hat mit unserem Produkt zu tun, statt von ihm hervorgerufen zu werden.« Sie schaute den Mann zu ihrer Rechten an, dann wandte sie sich lächelnd wieder an Smith.

»Ich sehe eine Welt voller glücklicher Menschen«, fuhr Smith mit ausholenden Gesten fort. »Ich sehe eine Welt voller Menschen, die sich den Freuden des Lebens hingeben und nichts zwischen sich und ihr Vergnügen kommen lassen. Und ich sehe uns – Sie drei und mich – als jene, die diese schöne neue, äh, Ordnung herbeiführen.« Er holte tief Luft. Beinahe hätte er *schöne neue Welt* gesagt, verdammt.

»Wir sind hier nur vier«, erklärte der Mann, »aber Sie müssen begreifen, daß wir mehr als vier sind.«

Smith runzelte die Stirn, als er an den bei steigender Zahl der Beteiligten zwangsläufig schrumpfenden Profit dachte. »Wie viele sind es denn?«

»Nicht genug für eine Armee, nicht einmal genug für eine ordentliche Bande«, sagte der Mann lächelnd. »Und sie sind in den verschiedenen Bezirken der Stadt weit verteilt. Aber ihr Glaube ist stark.«

»Glaube«, wiederholte Smith dümmlich. *Mein Gott, bitte laß es keine Sekte sein ...* »Glaube? Was für einen Glauben meinen Sie?«

Der Mann beugte sich vertraulich vor. »Wir glauben, daß das große Nichts, in dem wir treiben, nicht nur diese eine Welt enthält, in der wir leben, sondern viele, viele andere Reiche oder Welten. Andere Welten, auf denen es manchmal sogar intelligentes Leben gibt.«

Smith bemühte sich, möglichst ernst und klug dreinzuschauen.

»Welten mit intelligenten Lebensformen, die uns vielleicht sogar schon einmal besucht haben«, fuhr der Mann plötzlich fort. »Und die vielleicht sogar jetzt zwischen uns wandeln.«

»Oh.« Smith leckte sich die Lippen. »Ich verstehe.«

»So weit gehen natürlich nicht alle von uns«, sagte die erste Frau rasch. »Ich meine, ich will gern einräumen, daß es andere Welten geben kann, aber Besucher von diesen Welten? Nein, irgendwie halte ich das nicht für möglich. So etwas könnte nicht geschehen, ohne daß alle sofort davon erfahren.«

Smith widerstand dem Impuls, in die Hände zu klatschen und sie heftig zu reiben. Allmächtiger, es schien wahr zu sein. Nicht nur auf der Erde, sondern überall. Jede Sekunde wurde ein Trottel geboren, den man ausnehmen konnte, und zwei weitere dazu, die ihn ausnehmen wollten. Und wenn man aufpaßte, konnte man den Gewinn allein einstreichen.

»Mir scheint, ich habe interessante Neuigkeiten für Sie«, begann er.

»Ihr Freund ist doch noch gekommen.«

Judy sah vom Bildschirm auf, der in ihren Arbeitstisch eingelassen war. Es war die dunkelbraune Frau namens Pir, die ihr den Zugang zu den Forschungen über Langlebigkeit ermöglicht hatte. Judy konnte die Computersprachen zwar nicht verstehen, aber die Bedienung war so einfach konstruiert, daß jeder Idiot damit zurechtgekommen wäre. Gott sei Dank auch, denn sie hatte mit der Anlage erstaunlich umfangreiche und detaillierte Informationen abrufen können. Sie hatte immer noch keine Möglichkeit gefunden, die örtlichen Zeiteinheiten in etwas zu übersetzen, das sie verstehen konnte und wußte daher nicht, wie lange die Leute gebraucht hatten, um all die Daten zusammenzutragen. Anscheinend waren die Informationen jedoch in viel kürzerer Zeit, als es auf der Erde möglich gewesen wäre, gesammelt worden. Vielleicht gab es hier so etwas wie eine allgemeine gesellschaftliche oder moralische Verpflichtung, möglichst schnell möglichst viel Wissen anzusammeln. Wenn dem so war, dann hatte sie einen Weg in den Himmel gefunden, den sie gehen konnte, ohne sterben zu müssen.

Allein das wäre schon Grund genug gewesen, auf jede Störung ungehalten zu reagieren, aber sie hatte die hilfsbereite und intelligente Pir in knappen Worten über Smith informiert, und jetzt drehte sie sich in der Hoffnung herum, sie hätte Smith mitgebracht, der endlich zur Vernunft gekommen wäre...

Aber ihr Lächeln verblaßte sofort, und sie verzog mißmutig das Gesicht.

»Oh, das ist aber nett, Doc«, sagte Don West. »Sie haben wirklich eine nette Art, Ihre Freunde zu begrüßen. Wenn Sie eine Tasse Wasser hätten, könnten wir sicherlich wieder einen Moment wunschlos glücklicher Zweisamkeit genießen.«

Judy wandte sich vorwurfsvoll an Pir. »Der hier ist nicht der, den ich meinte.«

Pir sah zwischen ihr und Don West hin und her. »Um so besser. Niemand hat nur einen einzigen Freund.« Sie kehrte an ihren eigenen Arbeitsplatz zurück, wo sie sich mit der Züchtung biologischer Rohstoffe beschäftigte, deren Temperatur ständig überwacht werden mußte.

»Okay, ich erkenne, daß Sie mit jemand anderem gerechnet haben.« Er trat einen Schritt näher zu ihr. »Aber ich muß gestehen, daß ich keine Ahnung habe, wen Sie hier erwartet haben. Handelt es sich um einen alten oder um einen neuen Freund?«

»Um einen Kollegen«, sagte sie knapp. »Wo brennt's denn, Major? Ich meine, wo außer unter den Nägeln?«

»Mein Radar.« Er setzte sich mit einer Pobacke auf die Schreibtischkante und verschränkte die Arme vor der Brust. »Falls Sie dieses alte Wort überhaupt kennen.«

»Fledermäuse arbeiten heute noch damit«, sagte sie. »Ja, ich verstehe, was Sie damit meinen. Und, was zeigt Ihr Radar nun an?«

»Ich könnte Ihnen vielleicht erklären, was es *nicht* anzeigt.«

»Also gut.« Sie setzte sich in der gleichen Pose wie er auf

die gegenüberliegende Kante des Schreibtisches. »Was ist also *nicht* auf Ihrem Radar zu sehen?«

Er wurde allmählich wütend. »Mein Gott, was ist nur los mit euch Robinsons? Ihr bekommt ein bequemes Bett und etwas Platz und denkt euch: Ende gut, alles gut?«

Sie sah ihn ungerührt an. »Es bringt nicht immer etwas, überall und immer nur mißtrauisch zu sein, Major. Damit kann man keine Freunde finden, und wenn man keine Freunde hat, kann man nicht viel erfahren.«

Er entspannte sich etwas. »Also gut. Sie haben ja nicht ganz unrecht. Ich hatte nur befürchtet, Sie würden sich auf Dauer hier einrichten wollen.«

»Nun, wenn Sie es sich richtig überlegen, Don, welche Möglichkeiten haben wir denn sonst noch? Wohin sollen wir gehen? Uns bleibt nichts anderes übrig, als uns hier einzufügen.«

Seine Anspannung war wieder da. »Ich dachte, Sie wären klug genug, all dies hier nicht als gegeben hinzunehmen. Ich bin bei weitem nicht so klug wie Sie. Auf Doc Judys Klugheitsskala komme ich wahrscheinlich nicht einmal als negativer Wert vor. Aber eins weiß ich ganz sicher, und das ist die Tatsache, daß ich eine ganze Menge Dinge *nicht* weiß. Das ist eben das Problem, wenn man so klug ist wie Sie. Man glaubt dann leicht, man wüßte mehr, als man wirklich weiß. Das ist genau die Art von Fehler, die einen umbringen kann. Das ist gefährlich.«

»Ich versuche zu lernen«, erwiderte Judy ungeduldig. »Was wollen Sie denn nun eigentlich von mir?«

»Nichts Bestimmtes. Ich wollte mit jemandem über einige Dinge reden, die mir keine Ruhe lassen. Ihre Eltern sind zur Zeit mit sich selbst beschäftigt, Will und Penny würde ich angst machen und Smith würde ich umbringen. Also fällt die Wahl auf Sie.« Er unterbrach sich. »Schon gut, Sie müssen jetzt vor Freude keinen Purzelbaum schlagen, das würde mich nur in Verlegenheit bringen.«

Sie lächelte verschlagen. »Wer hat Ihnen verraten, daß ich

Gymnastik treibe? Schon gut. Sie können mit mir reden, Major. Don. Wirklich.« Als sie seinen Blick sah, wurde sie ruhiger und schämte sich ein wenig darüber, daß sie ihn so schnippisch behandelt hatte, obwohl er etwas Ernstes mit ihr besprechen wollte.

Er setzte an, etwas zu sagen, zögerte, sah sich um. »Können wir vielleicht nach draußen gehen?«

Außer Pir und ihnen beiden waren nur wenige andere Leute im Raum, unter anderem ein etwas älterer Mann namens Wann oder Juan und eine Frau, die intensiv an einem Gerät beschäftigt war, das Judy für ein Elektronenmikroskop hielt. »Hier wird uns niemand stören, falls Sie das meinen.«

Don zuckte mit den Achseln. »Lassen Sie es mich einfach so ausdrücken, daß ich besser nachdenken kann, wenn ich mich bewege. Sie wissen ja, was der legendäre Baseballspieler Satchel Paige gesagt hat: Wenn man locker bleiben will, muß man sich locker bewegen.«

»Er hat auch gesagt, man sollte sich lieber nicht umsehen, weil es sein könnte, daß hinter einem jemand steht.« Sie schaltete den Bildschirm ab. »Also gut. Dann gehen wir spazieren. Ich schaue mich nicht um, wenn Sie sich auch nicht umdrehen.«

Auf der Erde wäre aus dem breiten, runden und wunderschön modellieren Podest sicher eine Wasserfontäne gesprudelt und kein farbiges Licht projiziert worden. Die Lichtmuster waren, genau wie die Verzierungen auf dem Objekt, aus dem sie kamen, abstrakt, schienen aber dennoch einer gewissen Logik zu folgen, die Judy jedoch nicht richtig nachvollziehen konnte. Dennoch fand sie das Ding hübsch oder doch zumindest interessant.

»Man muß immerhin zugeben«, sagte sie, indem sie sich auf der Bank vorbeugte, »daß die hier wissen, wie man einen Park anlegt.«

»Glauben Sie, es ist ein Park?« Don tippte mit einem Finger auf die Bank, als wäre er nicht sicher, ob sie so stabil bleiben würde, wie sie es im Augenblick war. »Ich kann einfach nicht vergessen, daß wir hier nicht im Freien sind, sondern in einer Hohlwelt. Hier ist alles drinnen, es gibt kein Draußen, und das fühlt sich komisch an.«

»Sicher, das kann ich verstehen«, sagte sie. »Aber das wäre ungefähr so, als würde jemand auf unseren Planeten kommen und sich beschweren, daß alles draußen im Freien ist, wo es Licht und Luft gibt. Eine Art von Luft jedenfalls. Ach, nun hören Sie schon auf. Wir haben doch praktisch unser ganzes Leben in Wohnkuppeln verbracht. Es ist für uns nichts Neues, uns in geschlossenen Räumen aufzuhalten.«

»Aber wir wußten, daß es draußen etwas gab.«

Judy schnaufte ungeduldig. »Sie haben ja abgeschirmte Orte hier, genau wie wir. Private Räume und Häuser, und auf der anderen Seite öffentliche und allgemein zugängliche Orte.« Sie deutete auf die Lichtfontäne. »Okay, nennen wir es meinetwegen nicht Park, sondern Wohnkuppel. Nennen Sie es meinetwegen ein Einkaufszentrum, wenn Sie wollen.«

»Ich meine ja nur, daß wir den Unterschied sofort erkennen und spüren.« Er hielt inne, als zwei Männer vorbeigingen, die sie jedoch keines Blickes würdigten. »Die Leute hier glauben, es gäbe außer ihrer Hohlwelt nur noch die Leere da draußen, und das wäre alles.«

»Ich meine mich zu erinnern, daß Sie, als wir durch die Öffnung angesaugt wurden, gesagt haben, die hätten das schon einmal gemacht«, sagte Judy. »Könnten Sie das erklären?«

»Es ist mir selbst noch nicht richtig klar«, sagte Don möglichst leise. »Wir sind angezogen worden, als würden wir einen Raumhafen anfliegen, aber als wir drinnen waren, wollte niemand glauben, daß es den Weltraum, Flugobjekte oder Leben auf anderen Planeten gibt. An das Leben *auf* anderen Planeten wollten sie schon gar nicht glauben. Wenn wir nun annehmen, daß der Irre mit den toten Augen nur ein Empfangskomitee war, wer hat dann die Öffnung gebaut, wer hat den Traktorstrahl gesteuert und wo sind diese Leute jetzt?«

Judy leckte sich nervös die Lippen. »Also... vielleicht funktioniert das jetzt alles vollautomatisch, sobald etwas wie die *Jupiter 2* in Reichweite kommt. Vielleicht sind die Leute, die es früher gesteuert haben, inzwischen ausgestorben, und die anderen haben es vergessen.«

»Hmm.« Don stand auf und drehte sich um. Er setzte einen Fuß auf die Bank und stützte die Arme auf das abgeknickte Knie. Damit er beobachten konnte, was sich in ihrem Rücken abspielte, dachte Judy. Sie drehte sich um, sah aber niemanden, der sich ihnen von hinten näherte. Hinter ihnen befand sich einer jener vielen Gänge, die von dem parkähnlichen Gelände, in dem sie sich befanden, ausgingen wie die Speichen von einer Radnabe. Der Gang war so breit wie eine Straße in Houston und lief zwischen zwei Reihen von Gebäuden entlang. Einige davon waren völlig durchsichtig, und man konnte in ihnen Räume erkennen, die offenbar als Sporthallen, Lehrräume, Büros und Produktionsstätten dienten. Einige Labors gab es dort auch. Sie fragte sich, was es zu bedeuten hatte, daß manche Gebäude durchsichtig waren und andere nicht, aber die Unterschiede schienen keinem erkennbaren System zu folgen. Vielleicht war das einfach nur eine kulturelle Eigenart, vielleicht auch einfach nur die Entscheidung des Architekten. Damals im zwanzigsten Jahrhundert, so hatte ihre Großmutter ihr erzählt, hatte man einmal aufgrund der Laune eines Architekten eine ganze Reihe von Grundschulen gebaut, in denen die Klassenzimmer nicht durch Wände voneinander getrennt waren. Ihre Großmutter hatte weiter erklärt, daß die Kinder dort Schwierigkeiten hatten, sich zu konzentrieren und an Lernstörungen litten, bis die Schulbehörde bereit war, aus den Fehlern zu lernen und Wände einziehen ließ.

Was für Verhaltensstörungen mochten durchsichtige Wände auslösen? fragte sie sich. Sie nahm sich vor, sich über die örtliche Psychiatrie zu informieren.

»Da Sie immer so kluge Ideen haben«, sagte Don plötzlich, daß sie unwillkürlich zusammenzuckte, »können Sie mir vielleicht auch gleich noch erklären, warum es hier keine Tiere und keine Kinder gibt.« Er sah ihr erschrockenes Gesicht. »Sie wollen mir doch nicht erzählen, daß Sie das mit den Kindern noch nicht bemerkt haben, oder?«

»Ich... ich bin nicht sicher«, gab sie zu. »Ich habe noch gar nicht richtig darüber nachgedacht. Um ehrlich zu sein, es überrascht mich, daß *Sie* über so etwas nachdenken.«

»Jeder, der schon einmal gekämpft hat, denkt zuerst an Kinder«, sagte Don. »Oh, ich weiß, was Sie glauben. Wer kämpfen kann, der hat kein Hirn zum Denken oder so ähnlich. Ich weiß nicht einmal mehr genau, wer das gesagt hat. Aber wenn Sie zwischen zwei Stammesfürsten, die sich gegenseitig den Krieg erklärt haben, in einem Flüchtlingslager sitzen, wen würden Sie dann auf Patrouille schicken? Jemanden, der denkt, oder jemanden, der kämpft?«

Er hielt inne, aber sie schwieg, weil sie spürte, daß er im Grunde nicht auf eine Antwort von ihr wartete. »Die letzte Mission, die ich übernommen habe, bevor ich mich als Pilot meldete, bestand darin, mit dem Flugzeug Waisenkinder aus der Mandelarepublik zu retten«, fuhr er nach einer kurzen Pause fort. »Ich war damals knapp sechzehn Jahre alt und wünschte danach bei Gott, ich könnte *aufhören* zu denken.«

Sie legte eine Hand auf seinen Arm. Er reagierte nicht, schüttelte sie aber auch nicht ab.

»Und kommen Sie mir ja nicht mit irgendeinem mitfühlenden Quatsch, daß ich damals selbst noch ein Kind gewesen wäre. Als ich sechzehn war, da war ich schon verdammt lange kein Kind mehr. Aber sie waren Kinder, diese Waisen. Es waren Babys. Kleinkinder, die noch nicht richtig laufen konnten. Sie hätten in der Sonne auf einem Spielplatz herumtoben sollen, sie hätten...«

Er holte tief Luft. »Ich will nicht auf die Tränendrüsen drücken, und Sie brauchen mich nicht zu bemitleiden. Wirklich nicht.« Jetzt drehte er sich wieder zu ihr um und sah sie offen an. »Ich wollte Ihnen nur erklären, daß Sie mir, wenn Sie mich als einen schießwütigen Pilotenlümmel betrachten, dem dauernd alle möglichen Sicherungen durchbrennen, genauso Unrecht tun wie ich Ihnen, wenn ich Sie ›Baby‹ nenne. Falls Sie verstehen, was ich damit sagen will.«

»Ich hab's verstanden, Major West.« Sie ließ die Hand auf seinem Arm liegen. »Ich werde versuchen, Ihnen nicht mehr zu sehr auf die Zehen zu treten.«

»Besonders nicht mit hochhackigen Schuhen, was?« Er zwinkerte ihr zu, und sie lachte. »Aber um zum Thema zurückzukommen: es gibt hier keine Kinder. Kein einziges. Es sei denn, die Kinder werden wirklich sehr gut versteckt. Und falls sie versteckt werden, fragt sich, warum.« Er deutete zum nächsten durchsichtigen Gebäude. Es war ein Bürogebäude, das teilweise einem Flugzeughangar nachgebildet zu sein schien.

»Vielleicht sind die Kinder in Krippen oder Internaten, wo sie erzogen werden«, wandte Judy ein. Doch sie verzog das Gesicht, weil sie selbst erkannte, wie schwach diese Erklärung klang.

»Es mag ja sein, daß bestimmte Teile der Stadt auf bestimmte Aufgaben spezialisiert sind, aber wo sollte hier der Bezirk für die Kinder sein?« Er sah sich um. »Die Wesen, die Kindern noch am nächsten gekommen sind, waren die Ordnungshüter, und die waren zwar kleinwüchsig, aber mit Sicherheit keine Kinder. Und Tiere habe ich auch noch keine gesehen.«

»Wahrscheinlich war es schwer, in einer Hohlwelt die Tiere am Leben zu halten«, schlug Judy vor. »Die Legende, die uns die leuchtende Frau erzählt hat, besagte ja, daß sie irgendwann einmal vor langer Zeit an der Oberfläche eines Planeten gelebt haben. Vielleicht haben sie sich unter die Erde zurückgezogen, nachdem irgendeine große Katastrophe ihre Heimatwelt zerstört hatte. Denken Sie nur an die Erde. Bei uns gibt es ja auch kaum noch Tiere. Gab es kaum noch Tiere, meine ich.«

»Yeah, Ihre Vermutung ist nicht schlechter als meine.« Er ging zur anderen Seite der Bank und betrachtete den Lichtbrunnen. Wie sollte man das nennen, was er rings um sich sah? Eine Stadtlandschaft? Eine Skyline? In einer Situation wie dieser gingen einem früher oder später die Vokabeln aus.

»Also gut. Nehmen wir an, die Kinder sind auf einem Internat und alle Tiere sind ausgestorben. Wo sind dann die alten Leute?«

»Ich habe viele ältere Leute gesehen«, sagte sie unbehaglich.

»Ältere Leute, sicher. Aber keine alten Leute.«

»Wenn Sie die Forschungen über Langlebigkeit gesehen hätten, dann würden Sie zugeben, daß man hier nicht ohne weiteres bestimmen kann, wie alt jemand ist.«

»Sie scheinen da aber selbst nicht sehr überzeugt zu sein, Doc.« Er sah sie wieder an. »Sind Sie sicher, daß Sie echte Daten gesehen haben? Über Forschungen, die tatsächlich zu Ergebnissen geführt haben? Oder war es alles nur theoretisch? Wie ist das Material aufbereitet?«

»Die meisten Dinge liegen in Form von Filmen vor, zu denen ein erklärender Text gesprochen wird. Alle ihre Archive werden in Form gesprochener Worte abgerufen. Anscheinend wird hier überhaupt nichts aufgeschrieben; das einzige, was dem nahe kommt, sind Bilder.«

»Ikonen etwa?«

»Ikonen? Was meinen Sie damit?«

»Ich habe nur laut nachgedacht. Warum nehmen Sie an, daß es hier keine schriftlichen Aufzeichnungen gibt?«

Judy war unsicher. »Ich denke, sie haben möglicherweise das Schreiben wegen der Videoaufzeichnungen im Laufe der Zeit einfach verlernt.«

»Vielleicht ist ihnen auch die Tinte ausgegangen, und sie hatten keine Gänse mehr, denen sie die Federkiele ausrupfen konnten«, erwiderte Don sarkastisch. »Wie, zum Teufel, soll eine derart fortschrittliche Zivilisation ohne schriftliche Aufzeichnungen auskommen?«

»Ich weiß es nicht«, sagte sie. Es war ihr unheimlich, sie fühlte sich nicht wohl. »Ich weiß es einfach nicht.«

»Ich habe auch nicht damit gerechnet.« Er setzte sich rasch neben sie und nahm sie in den Arm. »Ich wollte Ihnen auch keine Angst machen. Aber ich mußte Sie zum Nachdenken bringen. Ich weiß, daß es keinen anderen Ort gibt, an den wir gehen könnten, und selbst wenn es einen gäbe, hätten wir nicht die technischen Möglichkeiten, ihn zu erreichen. Aber das ist kein Grund, sich einfach hinzulegen und zu sterben. Wir haben bis heute überlebt, und ich sehe keinen Grund, mit dieser Gewohnheit zu brechen.«

Sie hatte unwillkürlich den Atem angehalten, und jetzt atmete sie mit einem langen Seufzen wieder aus. »Okay. Aber jetzt würde ich Ihnen gern ein paar Fragen stellen.« Sie zog sich ein wenig von ihm zurück und begann, die Fragen an den Fingern abzuzählen. »Warum nehmen Sie an, wir können in Gefahr geraten, wenn wir uns einfach zum Sterben hinlegen? Sind Sie schon einmal auf die Idee gekommen, den Einheimischen Ihre Fragen über Kinder und alte Leute vorzulegen? Und da Sie schon auf Ihrem weißen Pferd geritten kommen, um mein Gehirn zu retten und mich zum Denken zu bringen, ist Ihnen eigentlich eingefallen, daß Sie es mir damit im Grunde unmöglich machen, mich einigermaßen normal zu verhalten und etwas herauszufinden?«

»Also, Geheimagentin Robinson, nun reißen Sie sich mal zusammen. Manchmal muß man in Nullkommanichts von null auf hundert und wieder zurück gehen. So ist das eben, wenn man sich in der Gefahrenzone befindet, und im Weltraum verschollen zu sein, das ist eindeutig die Gefahrenzone.« Er verschränkte wieder die Arme vor der Brust und schlug die Beine übereinander. »Was die ersten beiden Fragen angeht, so sieht das folgendermaßen aus: Erstens nehme ich nichts an, sondern passe auf Ihren verzogenen Robinson-Arsch auf. Ich schiebe Wachdienst. Und zweitens würde es ziemlich komisch aussehen, wenn jemand wie ich die Einwohner hier nach Kindern und alten Leuten fragt. Aber Sie sind Ärztin, und es könnte sogar sein, daß die Leute sich wundern, weil Sie noch nicht gefragt haben.«

»Penny und Will...«

Er nickte. »Wissen Sie, wo die beiden sind?«

»Sind sie... haben sie...« Sie wäre beinahe in Panik geraten, und die Stimme versagte ihr.

»Immer mit der Ruhe. Ich weiß, wo sie sind. Sie und Ihre Eltern können sich später bei mir bedanken. Ich bin unserem Gastgeber gefolgt, als er sie mitgenommen hat. Penny ist auf einer Art Kunstausstellung, und Will mißhandelt Roboter oder so.«

Sie hätte vor Erleichterung beinahe hysterisch gekichert, aber sie konnte sich gerade noch beherrschen. Ein Glück auch – sie wollte ihm nicht noch mehr Munition geben und die Bemerkung über ihren verzogenen Robinson-Arsch nachträglich rechtfertigen. Aber irgendein kleiner, boshafter Teil in ihr hatte sich sofort geschworen, es ihm heimzuzahlen. Und wenn sie damit warten mußte, bis sie alle wieder in Sicherheit waren, sie würde es ihm heimzahlen.

»Sind Sie nicht der Detektiv hier?« sagte sie nach einer Weile atemlos. »Nein, ich will mich nicht über Sie lustig machen, Don, und ich nehme es nicht auf die leichte Schulter. Im Grunde wundert es mich sogar, daß meine Eltern die beiden überhaupt haben gehen lassen.«

»Ich habe ihnen zu verstehen gegeben, daß ich in gebührendem Abstand folgen und aufpassen würde, damit...«

Sie stieß ihn hart mit dem Ellenbogen an. »Sie sind ein Bastard.«

»Was denn?« sagte er, indem er die Hände hob, um sich zu schützen.

»Sie haben mich glauben gemacht, meine Eltern hätten Penny und Will verantwortungslos einfach gehen lassen.« Sie trommelte auf seine Hände und Unterarme. »Das war verdammt mies von Ihnen, Sie widerlicher Kerl, Sie klotzköpfiger, stumpfsinniger Pilotenlümmel, Sie...«

»He, wem gehen denn da jetzt die Nerven durch?« Er umarmte sie und zog ihr die Arme auf den Rücken.

Oh, Junge, dachte sie, als sie ihm aus nächster Nähe in die

Augen starrte. Sie waren sich so nahe, daß sie in seinen Augen ihr eigenes Spiegelbild sehen konnte, und sie war sich der besorgten Falten auf seiner Stirn durchaus bewußt. *Konnte es denn wirklich noch kitschiger werden?*

Er wollte schon den Kopf zu ihr neigen, um das Klischee zu vollenden, aber dann ließ er sie plötzlich los und wich ein Stück zurück. Sie blinzelte ihn verblüfft an.

»Nun machen Sie mal halblang, Doc.« Er legte einen Finger unter ihr Kinn und hob ihren Kopf etwas hoch. »Halten Sie mich denn wirklich für ein wandelndes Klischee?«

»*Mistkerl!*« kreischte sie und begann erneut, lachend auf ihn einzuprügeln.

Er sprang zurück und wich ihr aus, ebenfalls lachend. »Äh, Doc... sagen Sie... wie wäre es, wenn Sie mich das nächste Mal in den Arm nehmen und festhalten?«

Sie stand auf und ballte die Faust. Sie war sich auf einmal nicht mehr sicher, wo die Grenze zwischen Spiel und Ernst verlief. »Schweinehund...«

»He, wer hat da noch gesagt, daß Leute, die nicht denken können, sich lieber prügeln?« Lässig salutierte er und ließ sie stehen. Er verschwand auf dem Weg, den er gekommen war, und sie wartete, bis sie ihn nicht mehr sehen konnte, ehe sie ins Labor zurückkehrte.

12

Okay, dachte Don West. Er starrte die saubere, von Gebäuden gesäumte breite Straße hinauf und hinunter. *Vergessen wir mal die alten Leute und die Kinder. Wo ist der verdammte Verkehr, den es hier eigentlich geben sollte?*

Wie um seine Frage zu beantworten, surrte eins der kleinen Fahrzeuge, die in der Hohlwelt als öffentliche Transportmittel dienten, an ihm vorbei. Es schwebte, anscheinend durch magnetische Kräfte gehalten, ein Stück über einem leuchtenden Band, das ins Pflaster eingelassen war. Er trat ein Stück zurück, um das Fahrzeug nicht zu behindern, und sah ihm nach, wie es seine endlose Reise durch die Stadt fortsetzte. Wie sollte man das Ding nennen? dachte er amüsiert. Robotaxis? Mikrobusse? Modellbahnen? Die Fahrzeuge kamen in verschiedenen Größen vor, es gab Zwei-, Vier- und Sechssitzer. Aber Verkehr in dem Sinne, wie er es gemeint hatte, war das natürlich nicht. Es gab keinen Verkehr in der Stadt – nur eine Menge Fußgänger und diese automatischen Taxis. Er nahm sich vor, den Ursprung der Fahrzeuge zu suchen, und auf einmal hatte er eine Vision und sah sie zusammen mit Infanteristen in der Größe der kleinen Polizisten in Gefäßen wachsen.

Die Idee gefiel ihm überhaupt nicht. Aber wenn er Maureen von seinen Ideen berichten würde, dann würde sie ihm natürlich sofort erklären, was für einen Unsinn er sich da zusammengeträumt hatte.

Oder vielleicht auch nicht?

Doch. Aber was würde sie dazu sagen, daß es hier keine Kinder und keine alten Leute gab?

»Wenn in Houston die Kinder in der Schule waren, Major, dann konnten Sie dort den ganzen Tag herumlaufen, mindestens von acht Uhr morgens bis sechzehn Uhr am Nachmittag, ohne auch nur einen einzigen Menschen zu sehen, der jünger war als achtzehn Jahre.« Maureen Robinson sah gespannt zu, wie eine Gruppe von sechs Leuten, die jeweils in eigenen Fahrzeugen saßen, vorsichtig daran arbeitete, irgendeine Schicht oder einen Belag von der schlichten, fensterlosen Außenfläche eines Gebäudes abzuziehen, das mehrere Stockwerke größer war als alle anderen Bauten in der Nähe. Die Fahrzeuge hatten lange, anmutige Spinnenbeine, mit denen sie sich vertikal an der Wand in alle Richtungen bewegen konnten.

Dies war das dritte Team, das sie an einem Gebäude in der Nachbarschaft arbeiten sah. Unablässig bewegten sich die

Maschinen mit den Spinnenbeinen die Wände hinauf und hinunter während die Insassen versuchten, den Belag abzureißen. Was mochte es sein? Farbe? Eine Art Außentapete? Entfernten sie Schmierereien?

Was es auch war, es schien von äußerster Wichtigkeit zu sein, das Material, das sie da abzogen, in einem Stück herunterzubekommen. Die Arbeiter mit den Spinnenmaschinen begannen immer am oberen Ende und benutzten – soweit Maureen es sehen konnte – ähnlich altmodische Werkzeuge wie jene, die man früher zum Entfernen von Tapeten benutzt hatte. Sie arbeiteten bedächtig wie Bildhauer, keiner legte eine besondere Eile an den Tag, alle arbeiteten mit der gleichen Geschwindigkeit und im gleichen Rhythmus. Nach einer Weile schälte sich die Schicht von der Wand ab, und sie bogen sie herunter, bis sie den nächsten Punkt erreichten, an dem sie befestigt war. Dann hielten einige Arbeiter sie an Ort und Stelle fest (damit sie nicht zerriß, vermutete Maureen), während die anderen sie von der Wand lösten.

»Haben Sie noch weitere Fragen?« Sie drehte sich wieder zu ihm herum.

»Was ist mit alten Leuten? Sind die auch in der Schule? Werden alle über fünfundfünfzig wieder zur Uni geschickt, damit sie ihre mathematischen Kenntnisse auffrischen?«

»Wir wissen nicht sehr viel über diese Leute«, sagte sie. »Das ist eines der Dinge, an denen Judy arbeitet.«

»Ich habe mit Judy gesprochen«, erwiderte West ungeduldig.

»Dann wissen Sie im Augenblick sogar mehr als ich«, erklärte Maureen unbeeindruckt. »Sie dürfen nicht vergessen, daß wir hier auf eine uns völlig fremde Zivilisation gestoßen sind, die abgeschirmt in einer Hohlwelt lebt. Wir haben keine Vorstellungen, wie sich das auf Wachstum, Gesundheit, Alterungsprozesse, Geburten- und Sterberaten auswirkt. Wir wissen nicht einmal, wie alt diese Zivilisation überhaupt ist. Alles, was wir wissen, ist, daß diese Leute hier keine Informationen über irgendwelche anderen Lebensformen besitzen. Und da wir beispielsweise auch nicht die typische Lebenserwartung kennen, können wir im Augenblick nur spekulieren.«

Sie wußte, daß sie den impulsiven jungen Piloten zur Weißglut reizte, und ein hartherziger Teil in ihr genoß es sogar. Don West wollte in alle Richtungen gleichzeitig losrasen und überall Alarm schlagen, um die Wagenburg reiten oder das Schwert ziehen und ständig alle roten Warnlampen einschalten, die er nur aktivieren konnte. Aber das würde ihnen überhaupt nichts nützen. Wenn sie in keiner echten Gefahr schwebten, dann war es ohnehin sinnlos. Im schlimmsten Fall könnten sie sogar noch einmal jemanden beleidigen und aus Angst vor der Gefahr die Gefahr erst heraufbeschwören.

Falls sie wirklich irgendwie gefährdet waren, schien es außerdem unklug, dem potentiellen Angreifer zu zeigen, daß sie auf der Hut waren. Falls sie, ohne es zu bemerken, zu Gefangenen geworden waren, dann wäre es das beste, ihre Häscher im Glauben zu lassen, sie hätten es überhaupt noch nicht bemerkt, damit sie sich insgeheim einen Plan zurechtlegen konnten. Sie überlegte, wie sie Don West diese Überlegungen vermitteln konnte, entschied sich aber dann doch, fürs erste den Mund zu halten.

Die Fahrzeuge mit den Spinnenbeinen wechselten wieder die Position. Zwei von ihnen rollten die Substanz ab wie ein riesiges Stück Papier, während die anderen vier damit beschäftigt waren, das Material vom Untergrund zu lösen. Es war ein erstaunliches Bild, das sich mit nichts, was sie auf der Erde gesehen hatte, vergleichen ließ. Wirklich ein erstaunliches Bild, aber Don West schaute nicht einmal hin.

»Wo sind dann die Armen?« fragte er hitzig. »Wo sind die Obdachlosen?« Er deutete auf die Straße – ein besseres Wort ließ sich dafür wohl nicht finden – und bewegte sich um Maureen herum, damit er ihr in die Augen sehen konnte. »Wo sind die Kriminellen? Was hat das alles zu bedeuten?«

»Das frage ich mich auch schon die ganze Zeit«, sagte Maureen so besänftigend wie möglich. »Ich werde die Antworten erst erfahren können, wenn ich weiß, welche Fragen ich stellen muß. Aber Sie können sich ja, während wir warten, folgendes überlegen: Was sagt es über uns und die Welt, von der wir kommen, aus, wenn wir die Abwesenheit von Armut, Entbehrungen und Gewalt in einer anderen Zivilisation als verdächtig empfinden?«

West ließ sich nicht beirren. »Ich weiß nicht, was das über unsere oder über diese Welt hier sagt. Aber es gibt ein paar Dinge, die ich mit Sicherheit weiß, und dies hier ist eins davon: Es gibt kein Utopia für alle. Was einer als Utopie bezeichnet, ist für den anderen die Hölle.«

Maureen hatte das Gefühl, im Geiste über eine Temposchwelle gefahren zu sein. »Das ist richtig«, räumte sie nachdenklich ein. »Und als seine Schwiegertochter, die er zu Lebzeiten nicht mehr kennenlernen konnte, weiß ich natürlich auch, von wem diese kluge Bemerkung stammt. Er sagte außerdem, daß es keinen Ersatz für Fakten gibt. Man kann eine Zeitlang seinen Ahnungen folgen und seiner Intuition glauben, aber wenn es Zeit wird, für die eigenen Handlungen die Verantwortung zu übernehmen, dann sollte man nach Möglichkeit ein paar Fakten zur Hand haben. Stimmt es nicht?«

»John Robinson hat mich für diese Mission vor allem ausgewählt, weil ich mich *nicht* von Fakten und Befehlen versklaven lasse. Ich habe bisher dafür gesorgt, daß Sie überleben konnten...«

»Nun sind Sie allerdings nicht der einzige, der sich um unser Überleben bemüht hat, Major«, schnappte sie.

»Nein, in der Tat«, gab er düster zu. »Es kam mir nur wieder einmal so vor.« Er salutierte ordentlich wie auf dem Exerzierplatz und marschierte davon, bevor sie noch etwas sagen konnte.

Schnell, schnell, schnell, dachte er, als er zu der Stelle eilte, wo er Penny zurückgelassen hatte. *Hereinspaziert, hereinspaziert! Fahren Sie mit der Robinsonschen Gefühlsachterbahn! Genießen Sie das Gefühl, in eine Richtung und in der nächsten Sekunde in die an-*

dere Richtung gerissen zu werden! Auf und ab geht es, ohne Pause!
Sie werden lachen und kreischen, Sie werden sich die Haare raufen
und sich beschissen fühlen, Sie werden ein Magengeschwür bekom-
men und vielleicht am Schlaganfall sterben!

Hauptsache, es geht schnell, dachte er ärgerlich. Aber bei
seinem Pech würde es nicht so laufen. Die Robinsons würden
dafür sorgen, daß es so langsam und qualvoll wie möglich
ging, und sie würden sich abwechselnd bemühen, ihn um den
Verstand zu bringen, um ihn gerade im letzten Augenblick
immer wieder zurückzureißen, damit auch Smith ihm noch
zusetzen konnte, bevor der nächste Schlag kam.

Verdammt, verdammt, was war nur los mit dieser Frau?
Man könnte glauben, sie hätte ihr ganzes Leben unter Glas
verbracht wie ein Zierfasan, der die gefilterte Luft einer Kup-
pel ein- und Langeweile ausatmete.

Verdammt. Sie hatte ihn die ganze Zeit, als sie in der *Jupi-*
ter 2 beisammen gehockt hatten, kein einziges Mal so in Rage
gebracht wie jetzt.

Er prallte gegen einen Passanten, taumelte zurück und
wäre beinahe gestürzt.

»Entschuldigung.« Die beiden kräftigen Hände, die ihn an
den Oberarmen faßten und wieder auf die Beine zogen, gehörten einer wahrhaft erstaunlichen, gedrungenen Frau mit
einer Hautfarbe wie antikes Elfenbein. Er wollte schon eine
ähnlich unverbindliche Antwort geben, als auf ihrer Stirn vier
Ringe erschienen, die sich in Spiralen und dann in konzentri-
sche Kreise verwandelten.

Er sperrte fassungslos den Mund auf. Einen Augenblick
später fing er sich wieder und zwang sich, auch ihr restli-
ches Gesicht anzusehen, das nicht halb so interessant, aber
dennoch durchaus attraktiv war.

»Entschuldigen Sie«, sagte er schließlich. »So etwas habe
ich noch nie gesehen. Ich wollte Sie nicht anstarren.«

Sie legte leicht den Kopf schief, während sie ihn musterte.
»Ah, das wäre aber durchaus möglich gewesen.«

»Was wäre möglich gewesen?« fragte er. »Zu gaffen?«

»Nein, so etwas zu sehen. Sie hätten sogar selbst welche bekommen können.« Sie hob eine Hand mit der Handfläche nach außen vor die Kehle, blieb eine Sekunde in dieser Position stehen und ging dann an ihm vorbei. Er starrte ihr lange nach, dann ahmte er die Geste nach, auch wenn sie es nicht mehr sehen konnte.

Maureen Robinson konnte ihm mit ihren Fakten und Forschungen gestohlen bleiben. Es gab gewisse Dinge, die man einfach aus Erfahrung wußte, und bei Gott, er war in der Lage, einen militärischen Gruß zu erkennen, wenn er einen sah.

13

»... ein Stapel normales Schreibpapier, ein Taschenscanner, ein Palmtop mit Reservebatterien...«

John Robinson hob das Stück Stoff mit zwei Fingern hoch, hielt es sich vor die Augen und lauschte Judys Stimme, die leise, aber völlig verständlich den Inhalt ihres Schreibtisches auf der *Jupiter 2* beschrieb.

»Was ist das?« fragte er seine ältere Tochter, während er den Streifen Stoff hin und her drehte. Dabei wurde Judys Stimme leiser und lauter. Das Tuch war einfarbig weiß, ungefähr zwanzig Zentimeter lang und drei Zentimeter breit, und schien sich in nichts von all den anderen Stoffstücken, die er bisher im Leben in der Hand gehabt hatte, zu unterscheiden. Abgesehen eben von der ausgezeichneten Wiedergabe von Judys Stimme, die aus dem Stoff drang.

»Das ist eine Liste der Dinge, die ich aus meinem Quartier auf der *Jupiter 2* brauche.« Sie trat zu ihm und drückte auf den unteren Rand des Stoffstücks. Die Stimme machte einen Sprung, als wäre beim Abspielen einer altmodischen CD der Laser wegen eines Kratzers gesprungen, und die leise Stimme begann wieder von vorn.

»Was ist das nur für ein Ding?« Er schüttelte das Tuch leicht hin und her. »Wie heißt das?«

»Aufnehmer?« Sie lächelte ihn an. »Memofetzen? Diktierlappen? Der Ersatz für die Schriftsprache?«

Er gab ihr den Streifen und setzte sich auf die Couch. Dieses Möbelstück war eins der vielen alltäglichen Objekte, die Maureen ihnen verordnet hatte, um Depressionen und Heimweh vorzubeugen. Das Sofa war mit einem dicken, rotbraunen und weichen Material bedeckt, das er manchmal unwillkürlich kraulte, als hätte er eine Katze vor sich. Auch jetzt rieb er unwillkürlich den weichen Bezug. »Ich weiß, daß du es sowieso gleich erklären wirst«, sagte er amüsiert, »also brauche ich dich wohl auch nicht eigens aufzufordern.«

Ihr Lächeln wurde breiter. »Es ist das, was in ihrer Kultur als Brief gilt, aber du kannst es nicht erkennen, weil dir mehrere Annahmen den Blick versperren. Das Geheimnis dieser Leute liegt in ihrer Kleidung, und weil das so ist, brauchen sie auch keine Schriftsprache. Alle ihre Kleidungsstücke können Geräusche aufzeichnen und wieder abspielen. Das geschieht allerdings nicht wahllos. Der Besitzer kann sich aussuchen, was aufgezeichnet werden soll. Wie man sich leicht vorstellen kann, interessieren sich die meisten hier für den Austausch von Lokalnachrichten und Ankündigungen, Musik, Gedichten, Briefen und Aufsätzen.« Sie zuckte mit den Achseln. »Es gibt hier natürlich nicht viele Meldungen über Kriege und Gewalttaten, Verkehrsmeldungen oder Berichte über Skandale mit Filmstars und Politikern.«

»Wie hast du das herausgefunden?« fragte er sie. »Hast du jemandes Hemd singen hören?«

»Die Hemden hört man so gut wie nie singen. An dieser Stelle kommen die Kopfhörer oder die Ohrimplantate ins Spiel. Die Geräusche werden durch Kontakt mit dem Körper übertragen. Niemand außer dem Träger des Kleidungsstücks hört die Geräusche. Eine Ausnahme sind spezielle Aufzeichnungen wie diese hier. Die meisten Leute verwenden solche Stoffstücke, um sich gegenseitig Botschaften zu schicken.

Man könnte das als Ansichtskarte aus dem Weltraum bezeichnen.«

Er schauderte. »Was für eine Vorstellung.«

»Jedenfalls habe ich Pir gegenüber, mit der ich im Labor zusammenarbeite, erwähnt, daß ich eine Liste der Dinge machen müßte, die ich noch brauche, weil ich sie sonst wieder vergessen würde. Sie hat mir dieses Stück Stoff gegeben und mir gezeigt, wie man es bespricht. Wenn man einmal drückt, wird die Aufnahme gestartet, wenn man noch einmal drückt, wird sie unterbrochen. Wenn du auf das andere Ende drückst, kannst du sie wieder abspielen.«

Er gab ihr das Stück Stoff zurück. Er schien beunruhigt.

»Was ist los?« fragte sie ihn.

»Laß mich mal überlegen. Wo soll ich anfangen?« Er holte tief Luft. »Hier können die Wände Ohren haben, aber außerdem haben auch noch die Kleidungsstücke Ohren. Dies erklärt auch etwas, das ich heute oder jedenfalls vor kurzem gesehen habe. Zwei Leute haben miteinander geredet, ohne wirklich zu reden. Wir müssen also aufpassen, was wir wann zu wem sagen. Außerdem ist da noch die Frage, wie wir zur *Jupiter 2* zurückkommen, da ja unsere Gastgeber die Existenz von Raumschiffen verleugnen, ohne sich überhaupt die Mühe zu machen, eine Erklärung dafür zu finden, wo wir hergekommen sind und wie wir hergekommen sind.« Er atmete noch einmal tief durch. »Und dann ist da noch das Unangenehmste überhaupt.«

»Was meinst du damit?« fragte Judy. Auch sie schien jetzt beunruhigt.

»Die Sternenlieder der Traumtänzerin, die ohne Pause aus Pennys Garderobe tönen.«

Judy verdrehte die Augen. »Wenn es nur das wäre. Ich werde unseren grünen Freund, er heißt Inrica, bitten, uns zu der Person zurückzubringen, der wir als erstes begegnet sind. Du weißt schon, der mit den irren Augen. Wenn wir den finden, dann finden wir auch die *Jupiter 2*.«

»Das ist gar nicht nötig. Will arbeitet an einem Programm,

mit dem er Karten und Pläne von der Umgebung zeigen kann. Er hat einen Teil des Robotergehirns darauf angesetzt. Wenn er fertig ist, was nicht mehr lange dauern wird, dann können wir die *Jupiter 2* und wahrscheinlich noch eine Menge mehr finden, ohne nach dem Weg fragen zu müssen.«

Judy lachte leise. »Das ist doch nicht etwa eine abgewandelte Form der alten Überheblichkeit, daß Männer nie nach dem Weg fragen?«

John stimmte in ihr Lachen ein. »Vielleicht trifft das in gewisser Weise sogar zu. Aber in diesem Fall wäre es meiner Meinung nach wirklich gut, wenn wir unsere neuen Freunde nicht über alles informieren würden, was wir tun.«

»Gut so.« Sie betrachtete wieder den Stoffstreifen. »Weißt du, ich frage mich, ob die Leute hier auch lügen können.«

»Und ich frage mich, was bei ihnen den Rang einnimmt, den wir dem Vertrauen zumessen.«

Vater und Tochter sahen einander lange an.

»Die Kleidermode?« riet sie.

Das ist echt klasse, dachte Penny, als sie das sich ständig verändernde Hologramm anstarrte. Wie Jalleril ihr erklärt hatte, veränderte sich die dargestellte Form aufgrund der Daten, die von verschiedenen, über die ganze Stadt verteilten Meßgeräten eingespeist wurden: Temperatur, Luftfeuchtigkeit, Kohlendioxid, Lärm – alle Daten, die auf veränderliche Zustände hinwiesen, wurden hier berücksichtigt. Ihr Bruder hätte es als dreidimensionales Datenausgabegerät bezeichnet, sie nannte es ›echt cool‹.

Im Augenblick sah das Hologramm aus wie ein Baum mit unzähligen zarten Ästen, der gerade dabei war, sich aufzulösen und sich in einen Schmetterling zu verwandeln. Es war nicht die einzige bewegliche Skulptur in der Galerie, aber die interessanteste und ihr persönlicher Favorit.

»Ich liebe diese beweglichen Skulpturen«, seufzte sie. »Ich liebe die veränderliche Kunst. Ich könnte Ewigkeiten hier stehen und zuschauen.«

Jalleril, der neben ihr stand, lächelte. Er war ungefähr so groß wie sie. Er hatte sehr kurz geschnittenes schwarzes Haar, asiatische Augen und eine dunkelrote Haut, die stellenweise schwarz schimmerte. Die Zähne waren vollkommene blutrote Kristalle, die Penny ebenfalls sehr attraktiv fand, auch wenn ihr die Worte gefehlt hätten, den Anblick zu beschreiben. Sie stellte sich vor, wie es wäre, ihren Freundinnen daheim von diesem roten kristallenen Lächeln zu erzählen. Nein, sie würden es nicht verstehen können.

Penny war sich nicht sicher, ob sie sich in das Lächeln, in die samtweiche Stimme oder in die dunkelrote Haut verliebt hatte. Okay, vielleicht war ›verknallt‹ der richtige Ausdruck dafür, aber spielte das überhaupt eine Rolle? Er war einfach super. Und was noch besser war, er hielt sie für super, und endlich war die Welt wieder in Ordnung. Diese Welt hier jedenfalls. Jawohl, Leute, es gibt Leben im Weltraum, und die Lebensformen sehen wirklich nicht übel aus.

»Es freut mich, daß du das sagst, denn ich bin der Künstler, der es gemacht hat.«

Pennys Lächeln wurde breiter. »Und du hast sogar schon einen Platz in einer Galerie bekommen, um es auszustellen«, sagte sie. Sie war zugleich erfreut und neidisch.

Er faßte ihren Ellenbogen und bugsierte sie sanft durch die restliche Ausstellung. »Sogar schon einen Platz bekommen?«

»Habe ich mich da ungeschickt ausgedrückt?« fragte Penny. Sie hoffte, daß sie ihn nicht beleidigt hatte.

»Es klingt so, als wäre ich irgendwie noch nicht bereit dazu.« Er glättete seinen weißen Umhang, als sie weitergingen. »Aber *du* bist doch sicherlich bereit, oder?«

Sie setzte zu einer Erklärung an, daß ihre eigene Bereitschaft, ganz egal, in welchem Zusammenhang, so gut wie nie irgendeine Rolle spielte. Dann hielt sie inne, weil ihr zwei Dinge gleichzeitig bewußt wurden: erstens, daß er davon ausging, sie in seinem Alter – was sein Alter auch sein mochte –, obwohl er erheblich älter war als sie, und zweitens, daß er den Unterschied nicht bemerken konnte.

Die anderen Künstler, denen sie begegnet war, jeder in der Farbe eines anderen Edelsteins gefärbt – einige waren Maler, es gab Konstrukteure holographischer Bilder, und ein paar Musiker waren auch darunter gewesen – wie alt waren die eigentlich? Oder besser, wie alt waren sie ihr vorgekommen?

Sie hatte bisher noch nicht richtig darüber nachgedacht, sondern nur eine gewisse Dankbarkeit empfunden, weil man sie nicht bei einer Gruppe von Kleinkindern abgeladen hatte, wie es gewöhnlich geschah, wenn sie zum erstenmal irgendwo auftauchte. Die Leute hielten sie immer für jünger, als sie tatsächlich war, weil sie nicht so groß war wie Judy und nicht so üppig proportioniert wie die anderen Mädchen ihres Alters.

Aber hier hatte man sie in eine Gruppe von Erwachsenen gesteckt, und es waren richtige Erwachsene, nicht nur ältere Kinder, deren Intelligenz und Fähigkeiten über das hinausging, was man bei ihrer Altersgruppe normalerweise erwarten konnte. Hieß das nun, daß es keine Jugendlichen in ihrem Alter gab?

Oder hieß es sogar, daß es hier überhaupt keine Kinder gab?

Als ihr diese Gedanken kamen, lief es ihr kalt den Rücken herunter, und sie sah verstohlen zu Jalleril, der nach wie vor ihren Ellenbogen festhielt und sie etwas näher an sich zog. *Er weiß nicht, wie jung ich bin.* Wieder lief es ihr kalt den Rücken herunter. *Er könnte zwischen Judy, Mom und mir keinen Unterschied feststellen.*

Sie wollte sich unauffällig von ihm entfernen, aber er deutete ihre Bewegungen so, als wollte sie sich lediglich ein anderes Ausstellungsstück ansehen, eine durchsichtige Kugel, in der irgend etwas Organisches von innen die Wände hinauf zu wuchern schien. Sie hatte das Zeug schon einmal gesehen, war aber im Augenblick viel zu aufgeregt, um sich zu erinnern, und schob den Gedanken beiseite, um später in aller Ruhe darüber zu meditieren.

Meditieren – der irre Alien hatte ihnen gesagt, sie sollten meditieren. Aber sie schob den Gedanken fort. Es schien nicht der richtige Augenblick, den Lotossitz einzunehmen. »... heute leben?« fragte Jalleril gerade.

»Es tut mir leid, ich... ich war so in den Anblick versunken«, log sie, indem sie auf die Kugel deutete.

Jallerils kristallrotes Lächeln wurde noch breiter. Regte der sich eigentlich niemals auf? »Wir können das später alles aufessen, sobald es fertig ist. Ich bin froh, daß du noch so lange bleiben wirst. Ich hatte dich gerade gefragt, ob du jetzt den Ort sehen möchtest, an dem du leben wirst.«

Ein dicker Klumpen unangenehmer Gefühle lag ihr schwer in der Brust. »Ich habe doch schon einen Ort, wo ich leben kann. Ich lebe bei meiner Familie.«

Er sah sie überrascht an. »Ist das eine Strafe?«

Sie lachte laut, dann hielt sie inne, als sie sah, daß er nicht gescherzt hatte. »Nein, keineswegs. Es ist keine Strafe. Wir... wir leben eben einfach zusammen. Wir machen das so.« Er schien immer noch verwirrt. »Wie kommst du auf die Idee, das wäre eine Strafe?«

»Warum sonst sollte man deine Bewegungsfreiheit auf den unmittelbaren Pool deiner Herkunft beschränken?«

Wieder mußte sie kurz lachen. »Ich werde nicht eingeschränkt. Keiner von uns ist eingeschränkt. Wir... wir sind eben einfach eine Familie. Wir leben zusammen, das war schon immer so. Schon bevor wir hergekommen sind.«

Auf einmal schien er tief beunruhigt. »Bist du irgendwie ...« Er suchte nach dem richtigen Wort. »Unvollendet? Unvollständig?«

In ihrem Kopf ging eine Alarmglocke los. Sie gab vor, angelegentlich die Kugel mit dem wuchernden Essen zu betrachten, um ihre wachsende Unsicherheit zu überspielen. »Ich weiß nicht. Ich glaube nicht, aber könntest du es wirklich erkennen, wenn es so wäre?«

»Normalerweise erkennt man es. Nicht, daß es oft passiert. Es ist einfach nicht... nun ja, nicht *anständig*. Jemandem zuzusehen, wie er sich *verändert*, meine ich. Wie er heranreift.

Hin und wieder bekommt jemand, der die anderen schockieren will, die Erlaubnis, einen lebensfähigen Organismus, der noch weit vom Zustand der Reife entfernt ist, zu dekantieren und dann als sogenanntes interaktives Ausstellungsstück den Zuschauern vorzuführen. Es soll angeblich die Betrachter zwingen, sich ihren Ursprüngen zu stellen, aber meiner Meinung nach ist das einfach nur ... Unrat, der so tut, als wäre er Kunst.«

»Wirklich.« Penny verschränkte die Arme vor der Brust und hoffte, er würde nicht bemerken, daß sie ein wenig zitterte.

»Die Frage ist doch: Was geschieht mit dem Betreffenden danach? Was passiert, wenn der Künstler mit seiner Vorführung fertig ist, oder wenn der Zustand der Reife dann eintritt? Was würdest du in dieser Situation tun, was könntest du mit dir selbst beginnen? Die natürliche Weiterentwicklung ist unterbrochen. Man könnte versuchen, etwas zu lernen, aber es ist ausgeschlossen, die Ebene eines ordentlich Gereiften zu erreichen. Man wird immer den kürzeren ziehen. Aber nicht so der Künstler. Der Künstler muß niemals leiden, nur das sogenannte Kunstwerk. Was ist das für ein Benehmen, jemandem so übel mitzuspielen und das dann als Kunst zu bezeichnen?«

»Mist ist das«, stimmte Penny zu. »Übrigens produziere ich gerade eine Art musikalisches Spektrum der ... der biologischen Details, die wir alle teilen, die sich aber dennoch auf so unterschiedliche Art und Weise äußern, verstehst du? Und dann will ich ... ich will die Anzahl der Schritte, die jeder von uns täglich macht, aufzeichnen und dann ... verstehst du? Es wird ziemlich kompliziert.«

»Das kann ich mir vorstellen«, sagte Jalleril verständnisvoll. »Wenn du fertig bist, wirst du sicher erleichtert sein, in eine neue Wohnung umziehen zu können.« Er faßte wieder ihren Ellenbogen und führte sie aus der Galerie auf einen Wandelgang hinaus.

Der Wandelgang bestand aus dem gleichen Plastikmaterial wie die Straßen. Er zog sich wie ein Balkon rings um das durchsichtige, schmale und sehr hohe Gebäude, in dem eine bunte Versammlung von Galerien und Ateliers untergebracht war. Wenn man von der Spitze des Gebäudes, wo sie gewesen waren, nach unten ging, konnte man entweder ringsum die ganze Stadtlandschaft bewundern oder in die Galerien und Ateliers hineinschauen und beobachten, was sich dort tat – neue Installationen, Künstler bei der Arbeit und eine Menge Dinge, die Penny nicht richtig einordnen konnte. Von Rückzug und Abgeschiedenheit hatten die Leute hier anscheinend völlig andere Vorstellungen. Sie fragte sich, wo man hier etwas Ruhe finden konnte.

Aber das spielte jetzt keine Rolle. Viel wichtiger war die Frage, was ihr und Will passieren würde, wenn man herausfand, daß sie ›unfertig‹ waren. Nach dem, was sie aus Jallerils Verhalten ablesen konnte, mußte das ein noch viel schlimmeres Vergehen sein als Smiths Fauxpas bei der leuchtenden Frau.

Und dann, als sie zur Stadtlandschaft hinausschaute, kam ihr noch ein anderer Gedanke. Wenn Leute, die nicht vollständig entwickelt waren, als etwas Unanständiges galten, wo waren sie dann, während sie sich entwickelten?

Sie erinnerte sich an das Wort, das Jalleril benutzt hatte: dekantieren. Wie hatte er sich noch ausgedrückt? Einen lebensfähigen Organismus dekantieren?

Ob er den gleichen Vorgang meinte wie bei einer Weinflasche?

»Ich habe eine Inspiration«, sagte sie plötzlich, indem sie sich von Jalleril zurückzog. »Ich werde nach Hause gehen und komponieren.«

Er schien enttäuscht, und sie war etwas wütend auf sich selbst, weil sie sich zu ihm hingezogen fühlte. »Bis dann.«

»Ja«, sagte sie, während sie sich lächelnd entfernte. »Bis dann.« Sie mußte sich zwingen, nicht den Wandelgang hinunter zu rennen und nach ihrer Mutter zu brüllen.

14

Der Anblick Judys, die auf der Couch schlief, ließ Maureen in der Tür innehalten. Sie war etwas überrascht, ihre Tochter vorzufinden, und begann sofort besorgt zu überlegen, ob John oder den Kindern etwas zugestoßen sei. Das waren mütterliche Reflexe – wenn man sie einmal erworben hatte, wurde man sie nie wieder los, man konnte sie nicht mehr abschütteln und vergessen. Aus dem Zustand, Mutter zu sein, kam man sein Leben lang nicht heraus.

Wie sie Judy schlafen sah, kam es ihr vor, als hätte sich das Gesicht ihres Kindes nicht verändert, seit Judy ein Baby gewesen war. Maureen konnte sich noch genau erinnern, wie sie die Kleine im Arm gewiegt hatte, während auf ihrem Knie ein Notebook stand, auf dessen Bildschirm sie die Ergebnisse der neuesten Umweltstudien durchsah. Damals, als man noch geglaubt hatte, man könne die verhängnisvolle Entwicklung auf der Erde noch umkehren. Doch die Einsichten waren viel zu spät gekommen.

Aber der Anblick ihres schlafenden ältesten Kindes erinnerte sie an eine Zeit, in der sie noch größere Hoffnungen hegen durfte. Natürlich ging es vermutlich allen anderen Eltern genau wie ihr – das erste Kind war immer eine Erinnerung an die guten alten Zeiten. Wehmut schnürte ihr die Kehle zu.

Dann wurde ihr wieder bewußt, in welcher Umgebung sie sich befand. *Schüttle es ab, Mami. Später, wenn du das hier überlebt hast, kannst du dich mit den alten Kinderbüchern einschließen und eine Runde heulen.*

Sie schloß die Tür hinter sich, beugte sich über Judy und wollte gerade zärtlich ihre Wange berühren, als sie den Streifen Tuch auf der Hand ihrer Tochter liegen sah. Neugierig geworden, hob sie den Stoff auf und hielt ihn sich vor die Augen.

»Ein halbes Dutzend wasserfeste Stifte«, sagte Judys Stimme, »ein Stapel Schreibpapier, ein Palmtop ...«

»Oh, hallo«, meinte Judy, die von dem Geräusch aufgewacht war. Sie gähnte herzhaft. »Ich habe Dad ins Bett gesteckt. Er hat völlig vergessen zu schlafen. Ich übrigens auch. Es fällt einem schwer, den Rhythmus zu halten, wenn es keinen Wechsel von Tag und Nacht mehr gibt.« Wieder gähnte sie. »Ich weiß noch, wie ich in Oslo mal mehrere Tage nacheinander wach geblieben bin.«

Maureen setzte sich neben sie, hob den Stoff und sah sie fragend an.

»Ich habe es Dad auch schon erklärt. Die Mode hat hier eine Menge zu sagen.«

Sie beschrieb ihrer Mutter die einzigartigen Eigenschaften der hiesigen Bekleidung. Das erklärte auch das fast völlige Schweigen der Leute mit den Spinnenfahrzeugen. Wahrscheinlich hatten sie sich abgestimmt, indem sie ihre Rufe von der Kleidung hatten senden lassen. So mußte es sein. Das drückte den Geräuschpegel. Die Frage des Lärms mußte in einer geschlossenen Welt wie dieser sicherlich ein wichtiges Thema sein.

Sie wollte gerade aufstehen und nach John sehen, als Judy begann, über ihre Unterhaltung mit Don West zu berichten.

»Ich habe deinen Pilotenlümmel gesprochen«, meinte Maureen. »Ich glaube aber, meine Antworten haben ihn nicht zufriedengestellt. Und inzwischen bin ich auch selbst nicht mehr ganz damit zufrieden.«

»Ich habe viel nachgedacht, seit ich mit Don geredet habe«, erklärte Judy. »Ich bin danach ins Labor zurückgekehrt und habe versucht, mit Wann und Pir ins Gespräch zu kommen, aber ich konnte nicht viel erfahren.« Sie seufzte. »Mit dem, was die Leute einander sagen, wird viel mehr als der bloße Sinn der Worte übermittelt. Das ist in jeder Kultur so, nicht nur in dieser. Aber in dieser hier erfahren wir alles nur aus zweiter Hand, weil es übersetzt werden muß.«

»Das bringt mich auf einen Punkt, der mir schon längere Zeit zu schaffen macht«, erklärte Maureen. »Wir brauchen Übersetzungsgeräte, um uns mit ihnen zu verständigen.«

Judy hob den Kopf und sah sie an. Sie nickte. »Genau. Aber

sie haben implantierte Übersetzungsgeräte, und das wirft die Frage auf: Wie viele verschiedene Sprachen kann es hier überhaupt geben, wo sie doch alle in einer einzigen großen Stadt leben?«

»Ich weiß es nicht«, sagte John, der in der Schlafzimmertür aufgetaucht war. »Aber nach allem, was ich bisher gehört habe, könnte ich schwören, daß es nur eine einzige gesprochene Sprache gibt.« Er schlurfte zur Couch und setzte sich links neben Maureen. »Ich habe heute etwas Verrücktes gemacht. Ich meine, wenn es erst vor kurzem war, dann ist es doch heute, oder? Jedenfalls bin ich ohne mein Übersetzungsgerät rausgegangen.«

»Gefährlich«, sagte Maureen. »Aber ich wünschte, ich wäre selbst darauf gekommen.«

»Wenn sie reden, dann habe ich den Eindruck, daß es sich immer um dieselbe Sprache handelt. Allerdings könnte es natürlich auch sein, daß es mehrere Sprachen gibt, die einander ähnlich sind wie Norwegisch und Schwedisch oder Mandarin und Kantonesisch.«

»Aber wenn die Sprachen so eng verwandt sind, dann sollten sie sich auch ohne Hilfsmittel gut genug verstehen können und keine Übersetzungsgeräte brauchen. Das lohnt doch den Aufwand nicht. Und wenn es ein und dieselbe Sprache ist«, sagte Judy, »dann frage ich mich, welchen Sinn die Übersetzungsgeräte haben.«

»Überwachung«, sagten Maureen und John gleichzeitig. Maureen drehte sich halb traurig, halb amüsiert zu ihrem Mann herum. »Ein Musterbeispiel einer Weltraumparanoia.«

»Wir hätten die Paranoia nicht, wenn sie nicht wirklich hinter uns her wären«, sagte er. Sein Lächeln verschwand. »Das würde das Grunzen und die Gesten erklären, die ich gesehen habe. Aber die nächste Frage ist, warum lassen sie es sich gefallen, wenn sie es wissen?«

»Warum haben wir uns Dinge gefallen lassen, von denen wir genau wußten, daß sie unsere Luft verseucht haben?« erwiderte Maureen. »Die Antwort lautet: Weil es Leute gab, die

Macht hatten und die davon profitiert haben. So muß es auch hier sein. Es muß hier ein paar mächtige Leute geben, die ihre einfachen Mitbürger davon überzeugt haben, daß das, was den Großen nützt, auch für die Kleinen gut ist.« Sie gestattete sich ein leichtes Lächeln. »Außerdem könnte es ja sein, daß die Dinger tatsächlich hin und wieder etwas zu übersetzen haben. Vielleicht ist das ein sicherer Weg, Mißverständnisse auszuräumen. Damit der Frieden gewahrt bleibt. Vielleicht glauben sie, daß dies an einem begrenzten Ort ein kleiner Preis ist, den man gern zahlt, um Konflikte zu vermeiden, die in Gewalttaten umschlagen könnten. Als wir die Erde verlassen haben, gab es auch in Houston eine Menge Leute, die ehrlich geglaubt haben, daß man, wenn man unschuldig wäre und nichts zu verbergen hätte, gegen massive Einbrüche in die Privatsphäre eigentlich keine Einwände haben dürfte.«

»Von Leuten, die so denken, habe ich noch nie viel gehalten«, warf Judy ein. »Ich glaube, ich finde den Gedanken, den Rest meines Lebens in einer Gesellschaft zu verbringen, wo alle so denken, nicht besonders angenehm. Ich weiß, ich weiß ...« Sie hob abwehrend die Hände. »Wo sollen wir hin und wie sollen wir hier wegkommen?«

»Ich habe keine Ahnung«, erwiderte John, »aber ich denke, wir sollten uns allmählich bemühen, die Antworten zu finden.« Er schien sehr besorgt. »Und da wir gerade bei Problemen sind, wo ist eigentlich Smith?«

»Wenn ich erkannt hätte, daß dies hier ein verdammter Wohlfahrtsstaat ist«, murmelte Smith, »dann hätte ich es von vornherein anders angepackt.«

Der Ausblick vom Penthouse war wundervoll, aber das war ja bei einem Penthouse nicht anders zu erwarten. So war es eben. Er konnte sich lebhaft vorstellen, wie die Robinsons »oh« und »ah« gemacht hätten, als hätten sie noch nie eine Stadt von oben gesehen. Aber Zachary Smith brauchte schon etwas mehr, um das Leben zu genießen. Beispielsweise einen ordentlichen Vorrat an Kiss und eine entsprechende

Nachfrage von Kunden, die darauf brannten, sich für entsprechende Summen der örtlichen Währung mit dem Zeug versorgen zu lassen. Bitte einnehmen wie vorgeschrieben, vielen Dank, auf Wiedersehen.

Nun ja, den ordentlichen Vorrat an Kiss hatte er bereits. Die Tatsache, daß Geld hier nicht notwendig und sogar unbekannt war, ließ seine Träume jedoch zerplatzen wie Seifenblasen.

Er ließ sich in den dick gepolsterten Sessel sinken. Das Möbelstück war annähernd wie ein irdischer Sessel geformt und äußerst bequem, eine perfekte Liegestatt, um Kiss zu genießen. Eine Schande, daß er die Droge gerade nicht genießen konnte. Jedenfalls nicht so intensiv, wie er es gern gehabt hätte.

Er sah durch die rasch dahinfliegenden Muster und die wabernden Farben, die vor seinen Augen standen, zu den anderen Leuten, die sich im Raum aufhielten. Es schienen mehr geworden zu sein, aber er war nicht sicher. Es hatte eigenartige Folgen, wenn man hier Kiss nahm – man konnte beispielsweise die bunten Leute nicht mehr von den bunten Bildern unterscheiden, die von der Droge erzeugt wurden. Jetzt im Augenblick hatte er beispielsweise Schwierigkeiten, die Übersicht zu behalten. Es mochten dreißig Leute sein, oder einhundert. Irgendwo zwischen ihnen hielten sich vermutlich auch die drei auf, mit denen er sich am Anfang auseinandergesetzt hatte. Die Party war ihre Idee gewesen. Sie hatten alle Leute zusammengeholt, die den Kiss of Bliss vertreiben würden, um ihnen das Produkt vorzustellen und sie mit entsprechenden Vorräten loszuschicken.

Und dann? Das war's dann. Sie würden einfach wiederkommen und mehr haben wollen, wenn ihnen der Stoff ausgegangen war. So würde es dann ewig weitergehen. Da konnte man das Zeug auch gleich zusammen mit der allwöchentlichen Seifenration ausgeben, dachte Smith empört. Wo es kein Geld gab, da gab es auch keine Gier, und der Drogenhandel hing in erster Linie von der Gier der Menschen ab – von der Gier auf den Genuß und von der Paranoia, die sich dank der Illegalität der meisten Drogen automatisch einstellte.

Und jetzt lief es darauf hinaus, daß er das Produkt umsonst herstellte und verteilte. Das einzig Gute dabei war, daß er sich praktisch unbeschränkte eigene Vorräte anlegen konnte. Andererseits hatte er das Zeug, das er sich auf der *Jupiter 2* gebraut hatte, mit niemandem teilen müssen.

Er kehrte den anderen Leuten im Raum den Rücken und starrte zur Stadt hinaus. Seltsame Musik strömte durch seinen Kopf. Das geschah ab und zu, wenn man Kiss genommen hatte. Es war, als wäre in seinem Kopf ein Abspielgerät eingeschaltet worden, das Stücke spielte, die er eigentlich längst vergessen hatte. Er ließ die Musik im Hintergrund spielen – es war ein melodisches Lied mit betontem Schlagzeug – und starrte zu den Gebäudefluchten hinaus, hinter denen auf der Erde der Himmel zu sehen gewesen wäre.

Gelegentlich, wie jetzt gerade, veränderten sich das Licht und die Farben, aber es schien dort draußen nie richtig dunkel zu werden. Die Schatten waren weich, weil das Licht aus vielen Quellen kam, die allesamt nur diffus strahlten. Im Wechsel der Beleuchtung hatte er bisher keine Gesetzmäßigkeiten erkennen können. Nein, das war falsch. Er hatte es ja noch nicht einmal richtig versucht. Aber was er sicher wußte, war, daß die Leute hier nicht viel Zeit mit Schlafen verbrachten.

Soweit er es sagen konnte, spielte die Nahrungsaufnahme ebenfalls keine große Rolle. Das interessanteste Essen, das er bisher auf dieser Welt gesehen hatte, war das mit der strahlenden Frau gewesen, und das hatte schlimm geendet. In der Stadt schienen die Leute nur an Keksen oder einer Art Klößen zu knabbern. Das Zeug war praktisch geschmacklos. Kein Wunder, daß sie Kiss brauchten. Er war allerdings sehr überrascht gewesen, als man ihm erklärt hatte, daß es keine anderen Drogen gab.

Das konnte doch nicht sein. Jede Gesellschaft, die weit genug entwickelt war, um so etwas wie Medizin zu haben, kannte auch Drogen. Wo waren denn die Ärzte und Apotheker? Wo waren die Krankenhäuser, und was machte man hier mit den Kranken? Und wo blieben die Toten?

Er wollte sich aufrecht setzen, doch dann fiel er wieder zurück. Ach, was soll's, dachte er. Was ging es ihn an? Er wollte ja nicht krank werden oder sterben. Die heilige Judy hatte einen Platz im Labor bekommen, also sollte sie sich auch darum kümmern, die Erkältungen und Krebsarten zu heilen. Er hatte sich in der Nacht, als er gegen seinen Willen auf der *Jupiter 2* geblieben war und mitfliegen mußte, aus dem aktiven ärztlichen Dienst zurückgezogen.

Dann setzte er sich wieder auf, aber dieses Mal, weil jemand ihn hochgezogen hatte. Es war der hellgrüne Mann, einer der Leute, mit denen er am Anfang verhandelt hatte. Wie hieß er noch? Menal? Manal? Manilla?

Neben diesem schimmerte ein zweites Gesicht in der Farbe von altem Pergament. Auf dem Gesicht stand sogar etwas geschrieben. Nein, keine Worte. Es waren Zeichen. Tätowierungen? Symbole? Nur, daß sie sich bewegten. Aber vielleicht lag das auch am Kiss.

»Ich glaube, Ihr Freund ist stark berauscht«, sagte das dekorierte Gesicht.

»Er sagt dazu, er wäre geküßt worden«, antwortete der hellgrüne Mann.

Das dekorierte Gesicht wurde amüsiert verzogen. »Das war es also, was er angeboten hat? Einen Kuß?«

»Also, uns hat es gefallen.« Der grüne Mann lachte. »Aber nachdem er uns seine Geschichte erzählt hatte, wußte ich, daß Sie informiert werden mußten.«

»Gut aufgepaßt.« Aus den wallenden Farben vor Smiths Gesicht tauchte eine Hand auf und tätschelte ein paarmal seine rechte Wange. »Nur unser Freund hier scheint etwas abgetreten zu sein.«

»Wenn er nicht Kiss genommen hat, ist er relativ intelligent«, erwiderte der grüne Mann. »Aber scheint er keine Moral zu kennen. Vielleicht sollten Sie ihn danach einschläfern.«

»Ja, eine Pause zur Korrektur und zur Stabilisierung wird ihm sicher guttun. Uns wird es ganz bestimmt guttun.«

Der grüne Mann mußte irgend etwas in Smiths Gesichtsausdruck bemerkt haben, auch wenn Smith zur Zeit selbst nicht sagen konnte, ob er lächelte, finster dreinschaute oder weinte. Die Droge entfaltete dieses Mal wirklich eine extrem starke Wirkung. »Vielleicht sollten wir nicht hier reden, wo er uns hören kann.«

»Keine Sorge, er wird sich später an nichts erinnern können.« Das dekorierte Gesicht ließ Smith wieder auf den Stuhl sacken. »Im Augenblick weiß er nicht einmal, wer er ist, ganz zu schweigen davon, wer *wir* sind. Er wird es nie erfahren. Er wird uns direkt zu seiner ›Jupiter‹ führen und sie uns übergeben. Es wird wunderbar laufen. Wir gewinnen das ganze Universum und die Macht. Nach dem ersten Hyperraumsprung wird niemand es mehr wagen, sich mit uns anzulegen. Wir können diesen Kiss of Bliss denen geben, die sich ordentlich benehmen. Wer nicht mitspielt, wird ins Exil geschickt. Wir setzen sie einfach auf einer diese Welten von Oberflächenbewohnern ab und sehen zu, wie sie sich vor Angst am Boden festkrallen, weil sie Angst haben, in den Himmel zu fallen.«

Die beiden richteten sich auf, und ihre Stimmen wurden etwas leiser. Smith schaffte es, den Kopf herumzudrehen und sie anzusehen.

»Ich habe schon immer gewußt, daß es noch mehr gibt als diese Welt«, sagte der hellgrüne Mann.

»Das zu erkennen ist nicht das Problem«, meinte das dekorierte Gesicht abfällig. »Dieses Wissen möglichst sinnvoll einzusetzen, das ist es, was echte Intelligenz erfordert.«

Sie entfernten sich und ließen Smith auf dem Stuhl liegen.

Er versuchte, die tauben Lippen zu bewegen, um ein einziges Wort auszusprechen: *Judy.?*

15

Die anderen Leute im Labor hatten die ganze Zeit, seit er sich dort aufhielt, überhaupt nicht auf ihn geachtet. Will war nicht sicher, ob er deshalb erleichtert oder beunruhigt sein sollte. Er konnte sich vorstellen, was sein Vater dazu gesagt hätte: *Besser, wenn sie nicht auf dich achten, weil das bedeutet, daß dir nichts passiert.*

Der unabhängigen Uhr des Roboters konnte er entnehmen, daß er seit drei Stunden mehr oder weniger ununterbrochen gearbeitet hatte. Er hatte nur ein paar kurze Pausen eingelegt, um zur Toilette zu gehen. Der Zwillingsbruder seines Roboters hatte ihm eine Karte der näheren Umgebung geliefert, welcher er die Lage der Toiletten entnehmen konnte. Die sanitären Einrichtungen waren den irdischen sehr ähnlich. Anscheinend kamen menschenähnliche Wesen zwangsläufig bei ähnlichen Problemen auf ähnliche Lösungen.

Jetzt wurde er allmählich hungrig, aber er konnte in dem Speicher des Roboters keinen Hinweis auf ein Restaurant oder einen Automaten finden. Es gab hier keine Restaurants. Das Essen galt bei diesen Leuten hier nicht als gesellschaftliches Ereignis. Aber nachdem er das Essen probiert hatte, wunderte ihn das auch nicht weiter.

Es war allerdings rätselhaft, warum sie sich mit so einem miesen Fraß abspeisen ließen, wie Dr. Smith es ausgedrückt hatte. Dr. Smith mochte ein erstklassiger Idiot sein, aber manchmal verstand er es wirklich, die Dinge auf den Punkt zu bringen.

Seine Mutter hatte angedeutet, daß sie sich um die Lebensmittelproduktion kümmern wollte. Dazu hätte sie eine Karte, wie er sie in den Navigationsarchiven des Roboters gefunden hatte, sicher gut gebrauchen können. Auf der Karte waren nicht nur alle Gebäude und Straßen zu sehen, oder wie die Verkehrsverbindungen hier hießen, sondern auch der innere Aufbau der Gebäude. Man konnte sogar erkennen, wo die Energieversorgung untergebracht war. Allerdings zeigte seine Karte nur den Bereich zwischen dem Gebäude, in dem sie wohnten, und dem Gebäude, in dem er an künstlicher Intelligenz arbeitete.

Er spielte ein wenig an den Einstellungen herum und schaffte es schließlich, ein dreidimensionales Abbild des Gebäudes zu erzeugen, das er mit der Position der Versorgungsanschlüsse zur Deckung brachte. Es war keine Beschäftigung, die ihm besonders viel Spaß machte, aber aus dem überlagerten Bild ging hervor, daß unter dem Gebäude ein riesiger Bereich lag, der für einen Keller viel zu groß war. Doch in diesem Bereich waren keine Details zu erkennen, er war einfach leer. Es war kein Kraftwerk und keine Wasserversorgung, denn die hatte er bereits gefunden. Freier Raum für spätere Erweiterungen? Ein Bunker für Katastrophen?

Aber sicher doch. Hier gab es ja jeden Tag einen Tornado. Wahrscheinlicher war es schon, daß die freien Stellen etwas mit eigenartigen religiösen Sitten zu tun hatten. Vielleicht war jedes Gebäude mit einer eigenen Kapelle ausgestattet, damit niemand den Gottesdienst verpaßte, nur weil er an der Arbeit war. Kapelle, Altar, Weihrauch, Gebetbücher und weiter unten ein Friedhof. Es gab seltsamere Dinge als dies. Nun ja, sagen wir, es gab mindestens genauso seltsame Dinge.

Der alte Roboter erwachte hinter ihm zum Leben. »Robot hat Quelle für detailliertere Informationen entdeckt, die über diese Einheit zugänglich sind.«

Will drehte sich zu ihm um. »Wie komme ich da ran?«

»Robot muß es für dich machen.«

Am oberen Rand des Zwillingsbruders entstand ein hellblauer Lichtstrahl, der zu seinem alten Roboter wanderte. Will hörte die Prozessoren eine Sekunde lang mit maximaler Frequenz arbeiten, dann wurden sie wieder heruntergefahren, und der Lichtstrahl verlief in die umgekehrte Richtung.

»Versuche es jetzt«, forderte der Roboter ihn auf.

»Was hast du gemacht?« fragte Will.

»Die Daten der Karte waren komprimiert. Robot hat sie neu übersetzt, so daß sie nicht mehr komprimiert sind.«

Der Zwillingsbruder projizierte gehorsam die neue Karte. Will sperrte erschrocken den Mund auf.

»Abschalten«, sagte er zum Doppelgänger.

Das Hologramm verschwand. Will wandte sich wieder an den alten Roboter. »Du sagtest, du hättest die Daten neu übersetzt. Bist du sicher, daß du keinen Fehler gemacht hast?«

»Robot hat dekomprimiert, was vorhanden war. Keine Fehlinformation erkennbar.«

»Kannst du das Bild verstehen?«

»Robot hat verstanden.«

Will holte tief Luft. »Kannst du mir sagen, was es ist, das ich unter dem Gebäude gesehen habe?«

»Nur wenn du Robot sagst, was du gesehen hast.«

Er senkte die Stimme und ging näher an den Roboter heran. »Sind die Gestalten dort wirklich Körper?«

»Bestätigt.«

Will schnaufte erschrocken. Meine Güte, dachte er. »Gibt es Informationen darüber, warum die Toten hier begraben und nicht verbrannt werden?«

»Fehler, Will Robinson. Körper unter dem Gebäude sind nicht tot.«

Will hatte ein Gefühl, als würde der Raum seitlich wegkippen. »Was ... was machen sie dann da?« fragte er, als die Benommenheit etwas abgeklungen war.

»Sie warten«, sagte der Roboter.

Will sah sich verstohlen um. Einige Leute waren gegangen, ohne sich zu verabschieden. Niemand achtete auf ihn.

»Worauf warten sie?« fragte er.

Dieses Mal antwortete der Doppelgänger.

»Sie warten, bis sie an der Reihe sind«, sagte er.

Sie hätte schwören können, daß Smith viel zu kaputt war, um irgendwo hinzugehen, dachte Judy, als sie sich in der leeren Wohnung umsah. Sie war völlig sicher, daß sie die richtige Wohnung gefunden hatte, denn sie konnte sich an die Couch erinnern. Anscheinend hatte sie ihn doch etwas zu herablassend behandelt, und jetzt trieb er sich dort herum, wo sich hier die Drogenabhängigen herumtrieben.

Hervorragende Arbeit, Doc. Du hast wirklich einen neuen Menschen aus ihm gemacht. Sie schob den Gedanken weg. Sie konnte sich später immer noch dafür in den Hintern treten. Jetzt mußte sie ihn erst einmal finden, ausnüchtern und sehen, ob er etwas Nützliches wußte. Die Chancen, daß er tatsächlich etwas wußte, standen nicht schlecht, falls er wirklich mit einem Kriminellen oder mit Elementen aus der Unterwelt Kontakt aufgenommen hatte. Das waren die Leute, die im allgemeinen am meisten über den Aufbau eines Gesellschaftssystems wußten, weil sie soviel Zeit damit verbrachten, durch seine Lücken zu schlüpfen. Das Problem war nur, daß Smith so von Drogen benebelt war, daß er wichtige Informationen überhaupt nicht mehr erkennen konnte.

Das brachte sie auf den nächsten Gedanken. Wenn er tatsächlich schwer drogenabhängig war, wieso nahm sie dann an, daß er sein Zimmer freiwillig verlassen hatte?

Sie konnte sich mehrere Möglichkeiten vorstellen: Smith beschließt, seinen Schatz mit jemandem zu teilen, der darauf so scharf ist wie er selbst. Oder, wahrscheinlicher: Smith beschließt, einen Teil davon zu verkaufen. Allerdings blieb die Frage, wie man in einer Gesellschaft, in der es kein Geld gab, etwas verkaufen konnte.

Wie wäre es damit: Smith tauscht einen Teil der Drogen gegen etwas ein, das er haben will. Gegen Rohstoffe, um noch mehr davon herzustellen. Oder gegen die Möglichkeit, zur Erde zurückzukehren?

Na gut, die letzte Möglichkeit war nicht sehr wahrscheinlich, weil die Leute hier recht eigenartige Vorstellungen vom Universum hatten, und weil Smith nicht genug über die *Jupiter* 2 wußte, um sie selbst zu steuern.

Nein. Höchstwahrscheinlich hatte Smith sich inzwischen zum Drogenhändler entwickelt – hier, versuch mal, du kannst so viel haben, wie du willst, gib mir dafür nur einfach die Sachen, die ich brauche, um noch mehr davon herzustellen. Und daraufhin hatte jemand beschlossen, ihm seinen neuen Platz in der Hierarchie zu zeigen: vielleicht als unbezahlter Laborsklave.

Und wenn du schon dabei bist, dachte Judy, *hier ist noch eine Sache, über die du nachdenken kannst: Wenn er unfreiwillig gegangen ist, dann ist die Frage, ob diejenigen, die ihn verschleppt haben, seine Wohnung beobachten, um zu sehen, wer sich sonst noch für Smith interessiert.*

Sie hörte, wie hinter ihr die Wohnungstür geöffnet wurde.

Hatte Judy die Wohnung leer vorgefunden und sich aufgemacht, um Smith zu suchen, oder waren sie zusammen gegangen? Don West ging an der Couch vorbei ins Nebenzimmer. Die Matte, die auf dem Boden lag, war nicht eingedrückt, also hatte Smith seit einer Weile nicht mehr dort gelegen und geschlafen. Das Bad war leer. Don kehrte ins Wohnzimmer zurück und ließ den Blick über den nackten Boden wandern, als könnte er dort einen Hinweis finden, wenn er nur lange genug starrte.

Alles in allem war es ein ziemlich deprimierendes Apartment. Von ihnen allen hatte Smith sich am wenigsten Mühe gegeben, sich häuslich einzurichten. Andererseits war bisher auch noch niemand von ihnen zur *Jupiter 2* zurückgekehrt, um ihre Sachen zu holen, so daß sie recht spartanisch gelebt hatten. Jedenfalls hatte Smith sich überhaupt keine Mühe gegeben; der Raum hatte die Ausstrahlung einer Gefängniszelle.

Eine Gefängniszelle. Vielleicht hatte Smith dieses Mal wirklich Mist gebaut und war verhaftet worden, was auch immer das mit sich bringen mochte. Smith konnte sich da vermutlich mit geschlossenen Augen und trotz hinter dem Rücken gefesselter Hände wieder herauswinden. Aber die Frage war, ob er auch Judy da hineingezogen hatte. Das war der entscheidende Punkt. Und die wahrscheinlichste Antwort lautete: Es war nicht auszuschließen. Wenn er nur zu den Robinsons zurückgekehrt wäre, bevor Judy sich aufgemacht hatte, um Smith zu suchen.

Don West ließ sich auf die Couch fallen und trommelte mit den Fingern auf die breite, gepolsterte Lehne. Als sich unter den Fingerspitzen etwas bewegte, hielt er inne und hob es zwischen Zeigefinger und Mittelfinger hoch.

Es war ein Stück Stoff. Nichts Besonderes eigentlich, aber irgendwie sah es aus, als könnte es etwas zu bedeuten haben. Vielleicht ein Fetzen, der bei einem Kampf abgerissen worden war? Er hob ihn hoch und untersuchte ihn.

»... es zu fliegen. Das kann niemand außer Don West«, sagte Judys Stimme. Sie klang leise und ein bißchen verzerrt, war aber ohne weiteres zu erkennen. Er brauchte einen Moment, bis ihm klarwurde, daß die Stimme aus dem Stück Stoff kam. »Wenn Sie irgendwo hinfliegen wollen, dann müssen Sie ihn überzeugen. Ich kann Ihnen aber jetzt schon sagen, daß das nicht leicht wird.«

Eine andere Stimme antwortete, doch sie sprach zu leise, und Don konnte die Worte nicht verstehen. Dann war wieder Judy zu hören.

»Ich werde nicht...«

Darauf folgte ein kurzes Schweigen, und dann war wieder Judys Stimme zu hören: »... ein Palmtop mit Ersatzbatterien, eine Infrarotbrille...« Dann brach die Aufzeichnung ab.

Er starrte den Streifen an und drehte ihn vorsichtig hin und her, um die Schaltungen zu entdecken. Doch die Elektronik war zu klein, um mit bloßem Auge sichtbar zu sein. Vielleicht konnte einer der Robinsons damit etwas anfangen.

16

Der erste Schlag war nicht besonders fest, aber der zweite saß.

Trotzdem dauerte es ein paar Sekunden, bis er Judys Gesicht vor dem seinen erkennen konnte, und als er es sah, war er nicht besonders erbaut. Er fühlte sich, als hätte jemand seinen Schädel mit einem Hammer bearbeitet.

»Smith, Sie elendes Miststück.«

Ja, sie war es. Unverkennbar. Er hatte keine Halluzinationen, und er träumte auch nicht. »Was ist los?« krächzte er. »Lassen Sie mich in Ruhe. Sie sollten überhaupt nicht hier sein.« Er wollte sie mit einer Hand wegschieben, aber es blieb eine hilflose Geste, er war zu schwach. Gott, war ihm übel. Er brauchte dringend eine Dosis. Wo war die Ampulle?

»Sie haben uns da eine schöne Bescherung eingebrockt.«

Sie zeterte weiter, und er versuchte verzweifelt, sie zum Schweigen zu bringen, während er sich abklopfte. Verdammt, er konnte die Ampulle nicht finden. Wenn sie nicht in seinen Taschen war, dann mußte er aufstehen und sie suchen, aber dazu war er nicht gut genug in Form. Er brauchte Ruhe. Wenn er ein bißchen schlafen konnte, würde er sich anschließend besser fühlen. Danach würde er sich der Realität wieder stellen können.

Er rollte sich herum, um sich vor ihr in Sicherheit zu bringen, und barg den Kopf in den Armen. Nach einer Weile wurde ihre Stimme leiser, und er schlief ein.

»Wir leben hier auf unserer Welt sehr beengt«, sagte der hellgrüne Mann, »und das ist schon sehr lange so. Die meisten Einwohner glauben, daß dies die einzige Umgebung ist, in der wir überhaupt leben können und daß es keinen anderen Ort gibt, an den wir gehen könnten. Sie können uns helfen, das Gegenteil zu beweisen. Es ist wichtig für unser Überleben als Rasse und als Zivilisation, daß uns dies gelingt.«

Judy nickte. Durch die Tür, die hinter dem Mann offen stand, konnte sie Smith auf der Matte liegen sehen. Er hatte in der letzten Zeit nicht einmal mehr gezuckt, aber wenn sie genau hinsah, konnte sie erkennen, daß er noch atmete. Beinahe hätte sie sich gewünscht, daß er an seiner Sucht starb.

Mit einer, wie sie hoffte, unauffälligen Bewegung stemmte sie den linken Ellenbogen in die rechte Hand und stützte das Kinn auf die linke Faust, um möglichst deutlich in das Stück Tuch sprechen zu können, das sie in der Hand versteckt hatte.

Wenn ihre Theorie korrekt war, daß ein Stück Stoff die Aufnahme zu einem anderen senden konnte, dann war sie in der Lage, die anderen zu warnen. Vorausgesetzt, die Eltern fanden das Stück Stoff, bevor es die anderen fanden.

»Ich kann Ihnen nur noch einmal sagen, daß Sie darüber mit meinem Vater sprechen müssen. Es ist wirklich nicht nötig, daß Sie mich und Dr. Smith hier wie Gefangene behandeln. Lassen Sie mich einfach Verbindung mit ihm aufnehmen. Er wird herkommen, Ihnen den Hyperantrieb zeigen, und dann können Sie fliegen, wohin Sie wollen.«

»Wir haben hier nicht die Rohstoffe, um eine kleine Welt wie Ihre zu bauen – ein Raumschiff mit einem Hyperantrieb, wie Sie es nennen.«

»Auch dabei kann mein Vater Ihnen helfen. Wir könnten...«

»Nein.« Die seltsame Frau mit der pergamentfarbenen Haut und den Tätowierungen im Gesicht schaute von dem kleinen Bildschirm auf, den sie sich auf den Schoß gesetzt hatte. »Wir können es nicht riskieren, unsere Ressourcen dafür einzusetzen. Genauer gesagt: wir dürfen in bezug auf diese Welt hier kein Risiko eingehen. Ob sie uns von einem höheren Wesen geschenkt oder von unserem Vorfahren gebaut wurde – und ganz egal, ob sie auf ihrer früheren Welt an der Oberfläche gelebt haben –, ist eine falsche Berechnung hinsichtlich des Drucks« oder der Dichte genug, damit die ganze Konstruktion in sich zusammenbricht. Möchten Sie das Risiko eingehen, unsere Welt zu zerstören?«

Judy schüttelte entsetzt den Kopf. »Aber was wollen Sie dann als Treibstoff benutzen?«

»Treibstoff haben wir reichlich«, sagte der grüne Mann. »Es gibt hier Leute, die glauben, daß die Energieleiter künstlichen Ursprungs und nicht das Geschenk eines allwissenden, gnädigen und liebenden Gottes sind.« Er sah kurz zu der tätowierten Frau, die seinen Blick amüsiert erwiderte. »Aber am Ende spielt es keine Rolle. Die Energieleiter haben jedenfalls unser Überleben ermöglicht.«

Energieleiter? Judy runzelte die Stirn. Vermutlich war damit die Energieversorgung gemeint. Sie konnte sich jedoch nicht erinnern, irgendwo Stromkabel oder gar Hochspannungsleitungen gesehen zu haben.

Dann fiel ihr wieder der Anblick der Welt ein, als sie sich ihr genähert hatten: die glühenden Linien, die ins Metall geätzt waren und die in einem Punkt zusammenliefen, den Penny als Ziel bezeichnet hatte. Möglicherweise waren das Kollektoren, die die Energie sammelten. Zuerst waren die Speicher vielleicht durch ein drastisches Ereignis wie eine Nova aufgeladen worden, und jetzt, während des Fluges, wurden die Batterien im Weltraum ständig ein wenig nachgeladen. Allerdings befanden sie sich hier mitten im leeren Raum, und die nächsten Sterne, also die nächsten Energiequellen, waren Lichtjahre entfernt. Und diese Welt hier flog nur mit einem Bruchteil der Lichtgeschwindigkeit.

»Ihnen geht allmählich die Energie aus«, platzte sie heraus. »Die Leiter laden die Speicher nicht mehr in dem Maße nach, wie es sein sollte, weil dieser Teil des Universums praktisch leer ist. Hier gibt es keine Sonnen.«

Die tätowierte Frau stellte den Bildschirm beiseite und kam zu Judy. Sie stützte eine Hand auf die Armlehne und sah Judy aus nächster Nähe in die Augen. »Für jemanden, der sich eigentlich nur mit der Wartung von Körpern beschäftigt, sind Sie recht klug, nicht wahr?«

Bevor Judy eine Antwort einfiel, schnappte die Frau ihre linke Hand, zog die Finger auf und entriß ihr das Stück Tuch. Judy konnte sie nur erstaunt anstarren.

»Ihr müßt immer so verstohlen und heimlich vorgehen«, sagte die tätowierte Frau vorwurfsvoll. »Sie versuchen immer, irgend etwas zu verbergen. In einer hochentwickelten Zivilisation hat jedoch niemand das Bedürfnis, etwas zu verbergen. Wir haben eine Stufe der Freiheit erreicht, die Sie nicht verstehen können.«

»Verglichen mit meiner ist dies hier eine sehr kleine Welt«, erwiderte Judy. »Soweit ich es sehen kann, haben Sie aber trotzdem für jeden genug Platz. Meine Welt war ... sie ist überfüllt. In einer überfüllten Welt legen die Menschen Wert darauf, für sich allein zu sein. Sie beanspruchen das Recht, in Ruhe gelassen zu werden. Sie wollen nicht ständig belauscht und beobachtet werden.«

Die tätowierte Frau warf dem grünen Mann einen raschen Blick zu. »Diese Welt ist viel dichter besiedelt, als Sie glauben. Wir sind im Augenblick nur zwischen zwei Zyklen. Wir haben herausgefunden, daß die unsere vielleicht nicht die beste Lösung für das Problem ist, die Ressourcen zu schonen und den Verbrauch der Umwelt zu vermindern, aber es ist die am wenigsten widerwärtige. Und sie verlängert ja tatsächlich ihr Leben.«

»Was denn? Was meinen Sie?« fragte Judy verblüfft.

»Die Hibernation. Wie nennen Sie es? Kälteschlaf? Winterschlaf? Verlangsamung der Lebensprozesse?« Die tätowierte Frau beugte sich wieder vor. »Wir möchten unbedingt wissen, ob Ihre Methode mehr Energie verbraucht als unsere, und wenn dies so ist, ob sie tatsächlich besser ist oder nur unwirtschaftlicher.«

»Wen wollen Sie denn jetzt in den Kälteschlaf versetzen? Und wann und warum?« sagte Judy. »Ich verstehe nicht.«

Die tätowierte Frau lachte. »Wir werden nicht jemanden in den Kälteschlaf versetzen, die Betreffenden befinden sich bereits im Kälteschlaf. Aber der Beginn des nächsten Zyklus steht unmittelbar bevor. Wir werden sie bald herausholen.«

»Aber ...« Judy sah zwischen der Frau und dem grünen Mann hin und her. »Ich habe doch nirgends Kälteschlafkapseln gesehen.«

»Nein, das konnten Sie auch nicht.« »Wer hat jetzt Geheimnisse und ist nicht offen?« sagte Judy trocken.

»Wir sind eine offene Gesellschaft«, erwiderte die Frau. »Aber Sie gehören einfach nicht dazu.«

»Noch nicht«, ergänzte der grüne Mann.

»Da fehlt ein Stück am Ende«, sagte Maureen Robinson, die

das Stück Stoff in die Hand genommen hatte. »Ich bin aber nicht sicher, wieviel es ist.«

»Glauben Sie, sie hat es absichtlich abgerissen? Oder ist es passiert, als sie sich gewehrt hat?« fragte Don.

Maureen schüttelte den Kopf. »Will könnte wahrscheinlich herausfinden, wie man die Stimme, die nicht richtig zu verstehen ist, verstärken kann. Das könnte uns etwas verraten.«

»Falls das Smith ist«, sagte Don beiläufig, »dann werde ich ihm höchstpersönlich die Arme und Beine herausreißen. Ganz langsam und mit großer Befriedigung.«

»Immer die Ruhe bewahren«, wandte John Robinson mit schmerzlich verzogenem Gesicht ein. Er sah sich in dem Zimmer um, das er schon beinahe als sein Heim zu betrachten gelernt hatte. Welche Absichten mochten die Eindringlinge gehabt haben? Und wie konnte er es herausfinden?

Maureen kam zu ihm und legte ihm die Hand auf die Schulter, dann schlang sie den Arm um seine Hüften. »Als wir hier angekommen sind, waren wir ziemlich fertig. Wir hatten einen Kabinenkoller und hatten uns praktisch schon aufgegeben. Judy hat mir verraten, daß sie Spritzen für uns vorbereitet hatte.«

»Äh... für uns alle?« fragte Don West verblüfft.

Maureen lächelte traurig. »Sogar für Smith.«

John drückte sie fest an sich. Er wollte ihr versprechen, niemals zuzulassen, daß sie so tief sanken und sich einfach aufgaben und daß sie sich gegenseitig beschützen würden, nicht nur gegen äußere Bedrohungen, sondern auch voreinander. Aber das war ein Versprechen von der Art, wie man sie machte, wenn man sicher war, daß man überleben würde, und von diesem Punkt waren sie noch weit entfernt. Er sah zu Don West, der immer noch ein betretenes Gesicht machte.

»Sagten Sie nicht, Sie können Penny und Will finden?«

»Falls sie noch da sind, wo ich sie zuletzt gesehen habe, ja«, erklärte Don.

»Dann suchen Sie die beiden und bringen Sie sie her. Ich werde...«

»Nein«, wandte Maureen ein. Nicht hierher. Sie sollen zur *Jupiter 2* kommen.« Sie sah zwischen Don West und John hin und her. »Will kann das Schiff finden.«

»Sie sind in dieser Hinsicht erstaunlich sicher«, sagte Don West. Er hatte da seine Zweifel.

»Das ist sie, und ich bin es auch«, sagte John.

»Also gut«, willigte Don ein. »Und wie wollen Sie das Schiff finden?«

»Sie schicken den Roboter zu uns zurück«, sagte John. »Bewaffnet mit einer Karte oder mit dem, was Will ihm gegeben hat, damit er uns findet.«

Don zögerte. »Warum kommen Sie nicht einfach mit mir?«

»Vielleicht sind die Kinder gerade auf dem Weg hierher«, erklärte Maureen. »Wenn das zutrifft und Sie verpassen sie, dann sind wenigstens wir hier.«

Er wollte noch etwas sagen, doch John kam ihm zuvor. »Es ist entschieden, Major. So oder so werden wir den Weg zum Raumschiff finden.« Er nickte in Richtung Ausgang.

»Ich hätte gern etwas Konkreteres gehört als ›so oder so‹, aber meinetwegen«, sagte West. »Und was ist mit Judy?«

Johns Gesicht wurde hart. »Ich denke, wir werden sie ebenfalls in der *Jupiter 2* treffen.«

»Sie denken es?« fragte Don West erstaunt. »Heißt das, Sie hoffen es nur, sind aber nicht sicher?«

»Darauf werden wir zu gegebener Zeit zurückkommen«, antwortete John. »Gehen Sie einfach zur *Jupiter 2* .«

17

Ihr Orientierungsvermögen schien sich stark verbessert zu haben. Erleichtert blieb sie ein Stück vor dem Gebäude stehen, in das man sie einquartiert hatte. Es half ihr, daß das Licht sich kaum veränderte. Sie fragte sich, was die Leute hier machten, wenn der Strom ausfiel. Wahrscheinlich würden sie das für einen Weltuntergang halten. Angesichts der Tatsache, daß es sich um eine Hohlwelt handelte, würden sie damit gar nicht einmal so falsch liegen.

Sie schauderte. Irgendwie fühlte sie sich hier noch mehr eingesperrt als an Bord der *Jupiter 2*. Das war natürlich Unfug, weil ihr Raumschiff viel kleiner war als diese Welt.

Aber andererseits wurde das Gefühl der Beengtheit auch dadurch ausgelöst, daß die Leute hier ihr nicht geheuer waren. So sehr ihre Familie ihr auch auf die Nerven ging und so sehr sie die Mission haßte, zu der die *Jupiter 2* gestartet war – wenn sie richtig darüber nachdachte, haßte sie sie sogar mehr denn je –, ihre eigenen Leute sahen jedenfalls nichts grundsätzlich Falsches daran, daß sie noch ein halbes Kind war.

Ob die beschränkten Ressourcen der Grund waren, fragte sie sich, oder ob es etwas noch Verrückteres und schwerer zu Bestimmendes wäre? Vielleicht gab es sogar religiöse Gründe. Sie versuchte sich vorzustellen, was es für eine Gesellschaft bedeutete, wenn ihre Mitglieder bereits als Erwachsene geboren wurden. Ihre Mutter, dachte sie, würde ausflippen, wenn sie das hörte.

Das wäre wirklich sehenswert, dachte sie, wenn ihre ungeheuer kompetente, kluge und immer überlegene Mutter Maureen Robinson einfach ausflippte.

Es wäre wahrscheinlich so ähnlich, als würde hier der Strom ausfallen, überlegte Penny, als sie sich wieder in Richtung Tür in Marsch setzte.

Don West kam gerade heraus, nachdem er härter als nötig die Schwingtür aufgestoßen hatte. Er hatte es offenbar eilig und schien sehr besorgt. Penny wollte ihn gerade rufen, als er sich herumdrehte und sie sah.

Sein Gesichtsausdruck wechselte von besorgt zu höchst alarmiert, und er griff unter die Lederjacke, um seine Waffe zu ziehen.

Etwas traf sie im Rücken, und gleichzeitig faßte etwas um ihre Kehle. Sie wurde vom Boden hochgehoben und konnte nicht mehr atmen.

Will gefiel die Aussicht, den Doppelgänger seines Roboters hergeben zu müssen, überhaupt nicht. Er war sehr ordentlich gebaut, ein Teil der Hardware sogar leichter und besser konstruiert als die Legierungen und die Plastikteile des Originals. Das neuronale Netz war nicht ganz so komplex, aber das hätte er in Ordnung bringen können. Es wäre eine gute Möglichkeit gewesen, gewisse Experimente in der Programmierung durchzuführen, ohne den ursprünglichen Aufbau zu riskieren. Zumindest hätte er einige Ersatzteile ausbauen können.

Bedauern ist ein Luxus, den nur die Lebenden sich leisten können. Etwas in dieser Art hatte Don West direkt nach ihrem letzten Hyperraumsprung zu seinem Vater gesagt. Später, wenn es überhaupt keinen Ausweg mehr gab, konnte man sich immer noch seinem Selbstmitleid hingeben.

Okay, Don, sagte er sich. *Ich hoffe nur, daß ich recht habe. Wenn nicht, werde ich ziemlich dämlich dastehen.*

Er schickte den Doppelgänger los und ließ sich vom Original nicht etwa aus dem Gebäude hinaus, sondern nach unten führen, unter das Gebäude, zu dem Netzwerk von Gängen, deren Lage er aus dem Gehirn des Doppelgängers kopiert hatte.

Judy war nicht vorbereitet auf den Sturm der Gefühle, der in ihr losbrach, als sie das Ende des Tunnels erreichten und die *Jupiter 2* sehen konnten. Von zwei weiteren pergamentfarbenen, tätowierten Leuten gehalten und hinter dem hellgrünen Mann und der ersten tätowierten Frau hergescheucht, dachte sie an die Reservewaffen, die überall auf dem Schiff versteckt waren. Ganz egal, wo man sich auf dem Schiff aufhielt, es waren immer Waffen in Reichweite, und außerdem war noch eine zusätzliche Waffe an einer Stelle versteckt, von der keiner der anderen wußte. Damals hatte sie diese Idee lächerlich gefunden. Paranoia aufgrund eines toxisch werdenden Überschusses an Testosteronen, hatte sie zu ihrem Vater gesagt, und zusammen mit dem Kabinenkoller, den sie entwickelt hatten, konnte die Sache sogar gefährlich werden. Aber ihr

Vater hatte zugestimmt, und jetzt war Smith der einzige, der nicht wußte, wo die Waffen versteckt waren.

Also gut. Sie mußte nur dafür sorgen, daß man sie an Bord schaffte. Dort würde sie dann schon eine passende Gelegenheit finden.

Sie drehte sich herum, so weit sie konnte, und stellte zu ihrer Überraschung fest, daß der hellgrüne Mann und die Frau, die Smith mitgeschleppt hatten, nicht mehr hinter ihr waren.

»Wo ist Zack?« fragte sie. »Dr. Smith. Der Mann, der Ihnen die Drogen gegeben hat...«

»Ich weiß, wo er ist, aber es ist möglich, daß er das im Augenblick selbst nicht weiß.« Der grüne Mann lachte. »Wir sind fertig mit ihm, und Ihnen kann er auch nichts nützen. Wir schaffen ihn fort.«

Der Eingang der *Jupiter 2* stand noch offen, wie sie sah, und das Innere schien unverändert. Wieder wallten Gefühle in ihr auf, dieses Mal sogar noch stärker als vor ein paar Sekunden. Sie identifizierte die Gefühle als tiefen, mächtigen Drang, wieder in einer vertrauten Umgebung zu sein. Es war die Sehnsucht des Exilierten nach der Heimat und nach Dingen, die er kannte. Das Gefühl war so stark, daß ihr fast schwindlig wurde. Sie konnte auf einmal nur noch verzerrt sehen, als schaute sie durch eine Linse, die geformt war wie ein Löffel, und sie stolperte.

Sie zerrten sie durch den Eingang auf die Brücke, ließen sie auf Dons Stuhl fallen und überließen sie sich selbst. Die Schutzschilde waren heruntergefahren, und sie konnte durch die vorderen Fenster den Alien sehen, der sie als erster hier begrüßt hatte. Er stand reglos in einiger Entfernung und sah unbeteiligt zu.

Ein Gewächshaus für Leute, dachte Will unwillkürlich, als er und der Roboter auf der Plattform durch die verschiedenen Ebenen nach unten fuhren. Anscheinend war die Anordnung immer die gleiche. Aus Behältern, in denen vermutlich Nährflüssigkeiten gelagert wurden, liefen Schläuche in Gerüste, die Bäumen ähnlich waren, und an den Ästen dieser Bäume hingen Objekte, die aussahen wie riesige Eier oder Säcke. Nur daß sie durchsichtig waren. Man konnte in jedem einen Menschen kauern sehen.

Wenn er einfach nur davon gehört hätte, ohne es selbst zu sehen, hätte er es wahrscheinlich eklig und widerlich gefunden. Aber im Grunde sah es überhaupt nicht eklig aus, dachte er. Es waren einfach nur Leute, die in einer Art von Kälteschlaf darauf warteten, wiederbelebt zu werden.

Nein, es war eigentlich gar nicht eklig. Er fragte sich, was sie von den Kälteschlafkapseln halten würden, die Judy entwickelt hatte.

»Auf der nächsten Etage halten wir«, erklärte der Roboter. Die Plattform wurde langsamer und hielt schließlich auf gleicher Höhe mit dem Fußboden an.

»Bist du sicher?« fragte Will. »Es kommt mir nicht so vor, als wären wir weit genug nach unten gefahren.«

»Dies ist die richtige Etage«, erklärte der Roboter.

Will sah sich vorsichtig um. Außer ihm und dem Roboter war niemand in der Nähe. Niemand, der wach war, um es genau zu sagen. Wie das System auch funktionierte, es brauchte keine Wächter.

»Raumüberwachung?« fragte er den Roboter.

»Jeder Bürger wird individuell auf Anzeichen von Unruhe oder Wachzuständen überprüft«, sagte der Roboter.

»Was ist mit Alarmanlagen?«

»Keine.«

»Robotwächter?«

»Keine.«

»Bewegungsmelder?«

»Keine.«

Will schüttelte den Kopf. Er wagte es immer noch nicht, die Plattform zu verlassen und in den Raum einzudringen. »Ich frage mich, warum die Anlage nicht überwacht wird.«

»Wer sollte hier einbrechen? Außer den Leuten selbst gibt es nichts zu stehlen.«

Will drehte sich zum Roboter herum. »Hast du dir das selbst ausgedacht?«

»Nein. Die Information kommt von dem anderen Roboter.«

»Wie denn das? Ich kann mich nicht erinnern, daß ihr zusammen Kaffee getrunken hättet oder so was.«

»Humor als Hilfsmittel, um den Mangel an Informationen auszugleichen«, erklärte der Roboter sachlich. »Viele Informationen wurden zwischen dieser und der anderen Einheit ausgetauscht. Die betreffende Information wurde zusammen mit der Karte übertragen. Es gibt hier keine Gefahren, deshalb ist die Überwachung nicht nötig. Diese Lebensformen werden nicht durch Eindringlinge gestört.« Der Roboter rollte vorwärts und schob Will sanft von der Plattform. »Wir müssen die *Jupiter 2* erreichen, Will Robinson. Sensoren melden, daß jetzt Lebensformen an Bord sind.«

»Wer?« fragte Will, während der Roboter ihn zwischen den ›Bäumen‹ hindurch einen Gang hinunter führte.

»Eine der Lebensformen konnte als Judy identifiziert werden«, sagte der Roboter. Will war sicher, daß er sich den drängenden Ton der Maschine nicht einbildete. »Die anderen sind Lebensformen von dieser Welt. Alle sind sehr aufgeregt.«

»Wir gehen hier nicht zum Militär«, erklärte die Frau Don West. Ihr Griff um Pennys Hals hatte sich ein wenig, ein klein wenig nur, gelockert. Penny zweifelt keine Sekunde daran, daß die Frau ihr ohne jeden Skrupel die Luft abdrücken würde, wenn sie es aufgrund der Situation für notwendig hielt. Was Penny am meisten angst machte, war, daß die Frau es wahrscheinlich ohne die geringste Gefühlsregung getan hätte. Es war ihr gleichgültig. Soweit Penny es sagen konnte, war dies die schlimmste Sorte von Erwachsenen, die es überhaupt gab. Sie würde sich lieber mit Smith anlegen oder mit sonst jemandem, der wenigstens ein paar Schwächen hatte, an die man appellieren konnte.

In die Angst, die in ihrem Kopf summte, mischte sich plötzlich auch eine Art Stolz über ihre klugen Einsichten. *Ich muß mir das unbedingt merken*, dachte sie. *Sternenlieder der Traumtänzerin, Zweites Buch: Der Zyklus über die menschlichen Schwächen. Das wird dein Klassiker.*

»Es ist vielmehr so, daß das Militärische in uns übergeht«, fuhr die Frau fort. »Oder besser gesagt, es liegt uns gewissermaßen im Blut. Der Diensteifer ist sozusagen genetisch bedingt, wir können gar nicht anders.«

Sie stand neben dem Stuhl, auf dem Penny saß und den sie auch unter anderen Bedingungen als äußerst unbequem empfunden hätte. Der Raum lag eine Ebene unter dem Straßenniveau, also eigentlich im Keller des Gebäudes, in dem die Robinsons eine Weile gelebt hatten. Dieser Raum hier sah aus, als wäre er schon lange bewohnt, er war durch regelmäßigen Gebrauch etwas schäbig geworden, auch wenn er im Grunde karg war wie eine Mönchsklause: eine Matratze auf dem Boden, ein Stuhl, eine Kiste in der Größe des Koffers, der in ihrer Kabine auf der *Jupiter 2* stand. Don West saß mit übergeschlagenen Beinen auf der Kiste und betrachtete sehnsüchtig die Waffe, die vor Penny auf dem Boden lag. Nahe genug, damit sie die Waffe mit einem Tritt zu ihm befördern konnte. Vielleicht. Sie sah zwischen ihm und der Waffe hin und her. Wenn sie ihm nur ein Zeichen geben könnte. Dann wüßte sie, ob und wann sie ihm das Ding mit einem Tritt zuschieben sollte.

»Rangabzeichen im Gesicht, das ist schon ziemlich ausgefallen«, bemerkte Don. »Entstehen die automatisch, wenn man diensteifrig genug ist? Oder muß man sich die Abzeichen verdienen?«

»Ein wenig von beidem«, sagte die Frau. Ihre Stimme klang beeindruckt. »Ein paar dienen der Identifizierung, ein paar kennzeichnen die Laufbahn, ein paar symbolisieren die Qualifikation.«

»Und wozu sind Ihre Qualifikationen gut?« fragte Don West.

»Sie reichen aus, um Ihre Formation zu retten und Ihnen zu helfen, uns lebendig wieder zu verlassen.« Die Frau hielt inne. Trotz ihrer mißlichen Lage drehte Penny sich etwas herum und sah die Frau hoffnungsvoll an. Die Frau lächelte zu ihr hinab, als hätte sie dem Mädchen nicht die Hand um die Kehle gelegt. »Noch Fragen?«

»Ungefähr eine Million«, krächzte Penny. Sie spürte, wie sich der Griff der Hand noch ein wenig lockerte. »Wer sind Sie, warum machen Sie das, wie wollen Sie das machen? Und so weiter.«

»Sie sind aber ein lebhafter kleiner Strang, was?« Die Frau sah zwischen Penny und Don hin und her. »Oder Stränge, sollte ich wohl besser sagen, denn Sie zwei stammen aus dem gleichen genetischen Pool, sind aber ansonsten nicht näher miteinander verwandt, nicht wahr?«

»Können Sie das so ohne weiteres erkennen?« fragte Don.

»Es ist wahrscheinlich für mich viel offensichtlicher als für Sie, weil es hier bei uns nur geringe Unterschiede gibt. Wir haben allerdings genügend Varianten einlagern können, um Stränge zu komponieren, die miteinander nicht verwandt sind, so daß wir sie später mischen können.«

»Was meinen Sie damit?« wollte Penny wissen.

»Es geht um Genetik«, erklärte Don. »Sie züchten sich selbst. Genau wie man früher auf der Erde Preisträger gezüchtet hat – bei Pferden, Hunden, Katzen, Schweinen...«

»Es ist ein geschlossenes System«, unterbrach die Frau ihn. »Und unter solchen Bedingungen würde es ins Verhängnis führen, wenn man der Natur, wie Sie es nennen, freien Lauf ließe. Das Überleben unserer Art hängt davon ab, daß wir eine Population erhalten, die unter den gegebenen Umständen zu gedeihen vermag.«

»Oder daß Sie eine Alternative zu diesen Umständen finden«, fügte Don hinzu. »Beispielsweise, indem Sie einen Hyperantrieb bekommen und Welten finden, auf denen Sie sich niederlassen können.«

»Wenn die richtige Zeit gekommen ist«, stimmte die Frau zu, »dann werden wir es tun. Aber dies ist noch nicht die richtige Zeit.«

»Warum denn nicht?« fragte Don. »Wer bestimmt das?«

»Es gibt hier eine Hierarchie«, erklärte sie. »Aber das soll nicht Ihre Sorge sein. Die Führung schaltet sich nur ein, wenn es unbedingt nötig ist, denn man bevorzugt es, wenn sich alles von selbst regelt. Basierend auf dem, was sie beobachten, mischen sie neue Stränge und probieren sie in bestimmten Gebieten aus, um zu sehen, was sie aus ihrem Leben machen, falls sie leben dürfen.«

Don runzelte verwirrt die Stirn, und Penny fragte triumphierend: »Leuchten sie deshalb?« fragte sie. Sie zog sich ein Stückchen von der Frau zurück. »Weil sie Experimente sind?«

Die Gesichtstätowierungen der Frau schienen ein wenig dunkler zu werden, als sie Penny lächelnd zustimmte. »Es hat in der Vergangenheit Fluchtversuche gegeben, und die Exemplare haben sich unter die allgemeine Bevölkerung gemischt. Die einfachste Art und Weise, sie zu verfolgen, ist, sie leuchten zu lassen. Das erfordert keine Energie und keine zusätzliche Elektronik.«

Penny sah zu Don, der ihr zunickte. »Und was ist mit diesen anderen Wesen? Die mit den verrückten Augen?«

Die Frau starrte sie einen Augenblick an. »Ist Ihnen klar, daß nicht jeder an sie glaubt? Manche Leute hier denken, das wären nur Gespenstergeschichten, die erfunden werden, damit niemand aus der Reihe tanzt.«

Penny wandte sich wieder an Don, aber der schüttelte den Kopf. »Vergiß es. Also, wie wollen Sie uns jetzt helfen, zu unserem Schiff zurückzukommen und diese Welt zu verlassen?« fragte er die Frau. »Und bevor Sie sich dazu etwas überlegen, muß ich Sie darauf hinweisen, daß wir nicht fliegen können, ohne unsere Vorräte aufzufüllen. Vom Treibstoff ganz zu schweigen.«

»Diejenigen, welche die Inbesitznahme Ihrer kleinen Welt geplant haben, dürften in diesem Augenblick genau damit beschäftigt sein«, sagte die Frau. »Sie füllen die Vorräte auf, und Ihr Treibstoffgenerator wird dergestalt verändert, daß Sie auch während des Fluges aus entsprechenden Quellen die notwendige Menge selbst herstellen können.«

147

»Danke«, sagte Don. »Aber Sie werden mir verzeihen, wenn ich Ihnen sage, daß mir das beinahe zu schön vorkommt, um wahr zu sein.«

Die Frau zuckte mit den Achseln. »Sie glauben, sie rüsten das Schiff für sich selbst aus.«

»Wer sind *sie*?« Don stellte beide Beine auf den Boden und beugte sich vor. Er stemmte die Ellenbogen auf die Knie. Penny sah wieder zwischen ihm und der Waffe hin und her, aber er reagierte nicht auf ihre Bemühungen.

»Ein Strang ist aus dem Ruder gelaufen«, erklärte die Frau. »Das geschieht hin und wieder. Gute Soldaten brauchen das richtige Gleichgewicht zwischen Autonomie und Gehorsam. Einer unserer Stränge hat jedoch die Grenze überschritten und zeichnet sich durch Ungehorsam und Rebellion aus.« Sie sieht Don West an, als wollte sie ihn nicht nur in militärischer Hinsicht abschätzen, dachte Penny. Sie wurde plötzlich eifersüchtig. »Das Eigenartige daran ist, daß ich fast glaube, Sie würden sich gut mit ihnen verstehen. Unter anderen Bedingungen natürlich. Falls Sie hier entstanden wären, wären Sie zweifellos einer von ihnen. Aber jetzt hängt Ihr Überleben davon ab, daß Sie diese Leute aufhalten.«

Don holte tief Luft und verzog besorgt das Gesicht. »Okay, aber als erstes möchte ich wissen, wovon genau wir sie abhalten sollen. Und ich wüßte gern, warum Sie uns dabei helfen wollen.«

»Die Abtrünnigen wollen natürlich Ihre kleine Welt übernehmen. Ihr ›Schiff‹, wie Sie es nennen. Sie wollen es benutzen, um zu beweisen, daß es dort draußen ein Universum mit anderen Welten gibt, zu denen Menschen reisen und wo sie leben können.«

»Wissen sie denn, wo sie eine dieser Welten finden können?« fragte Don.

»Sie haben doch Sternenkarten in ihrer Schiffsbibliothek, oder?«

»Yeah, aber in dieser Gegend hier gibt es nichts, was sich anhand der Karten erkennen ließe.«

»Dann würden sie wohl auf gut Glück einfach Ihren Hyperantrieb benutzen.«

»Aber ohne ein Zieltor am anderen Ende würden sie einfach nur verschwinden.«

»Genau wie wir«, fügte Penny hinzu.

»Und das wäre dann das Ende all unserer Hoffnungen«, sagte die Frau. »Am Ende würden die Tatsachen zu einer Legende degenerieren, an die niemand mehr glauben mag. Wer weiß, ob wir jemals aus eigener Kraft einen Hyperantrieb entwickeln können. Es würde so weitergehen wie immer, die Leute würden eine bestimmte Zeit leben, danach schlafen gelegt werden, neu gemischt und wieder aufgeweckt werden...«

»Neu gemischt?« Don sah sie mißtrauisch an. »Was bedeutet ›neu gemischt‹?«

»Die Formationen werden dekomponiert, und das genetische Material wird neu gemischt. Dadurch bleiben die Schäden auf ein Minimum begrenzt, und wir beugen der Stagnation vor.« Die Frau sah ihn neugierig an. »Wieso beunruhigt Sie das so? Wie ich hörte, haben Sie sich damit einverstanden erklärt, als Sie in die Stadt gekommen sind, und nach Beginn des nächsten Zyklus wären dann auch Sie...«

»Moment mal«, sagte Penny. »Wollen Sie damit sagen, daß es hier eine Anlage gibt, wo Gruppen von Leuten, Mannschaften oder Familien, voneinander getrennt schlafen gelegt werden? Oder zerlegen Sie die einzelnen Leute selbst in ihre genetischen Bausteine und...« Sie sah hilflos zu Don.

»Das Genmaterial wird neu gemischt«, sagte die Frau, die allmählich ungeduldig zu werden schien. »Wenn Sie einen Weg wissen, wie das möglich ist, ohne die Leute in ihre Komponenten zu zerlegen, dann lassen Sie es mich bitte wissen.«

Es gab ein langes Schweigen.

»Ich könnte Ihnen etwas über Sex erzählen«, sagte Don West schließlich. »Aber ich fürchte mich vor dem, was Sie dann daraus machen könnten.«

18

Maureen wandte sich vom Hologramm, das den Aufbau der Welt zeigte, ab. »Eigentlich sollte ich schon wieder schockiert sein«, sagte sie mit einem kleinen Lächeln zu John, »aber ich glaube, ich stumpfe allmählich ab. Als ob ich wirklich schon alles gesehen hätte, so daß mich nichts mehr überraschen kann.«

»Ich kann mich gut erinnern, daß du das schon einmal gesagt hast, als Penny auf den Nostalgie-Trip gegangen ist und sich einen Ring durch den Bauchnabel hat stechen lassen.« John schüttelte den Kopf. »Aber ich verstehe natürlich, was du meinst. Ich fühle mich so ähnlich.«

»Die Studien über Langlebigkeit, auf die Judy so versessen war«, fuhr Maureen müde fort, »haben sich als Fehlschlag erwiesen. Sie hat eine Weile gebraucht, um zu verstehen, daß ein Teil dieser Langlebigkeit darauf zurückzuführen war, daß die Leute in den Kälteschlaf gesteckt wurden.« Sie hielt inne, als ihr Magen sich verkrampfte. »Ich frage mich, wie lange es ohne ihre Bemühungen gedauert hätte, bis wir es erfahren hätten.«

John schüttelte den Kopf. »Dank der Karte, die Will gefunden hat, wissen wir jetzt Bescheid. Und wir sollten unser Wissen zu unserem Vorteil nutzen. Vergrößere mal den Bereich um die *Jupiter 2*, damit wir uns den besten Weg aussuchen können.«

»Es wäre anderseits auch möglich, dieser Einheit zu befehlen, Ihnen den Weg zu zeigen«, erklärte der Doppelgänger fast beiläufig. Maureen und John fuhren auf. »Diese Einheit kann mit großer Zuverlässigkeit einen Weg bestimmen, der Ihnen die besten Chancen bietet, wohlbehalten bei Ihrer kleinen Welt anzukommen.«

»Gut. Sehr gut. Dann tu das bitte«, sagte John. Er sah besorgt zu seiner Frau, dann wandte er sich wieder an die Maschine. »Kannst du das auch bewerkstelligen, ohne daß jemand auf uns aufmerksam wird?«

Es gab eine kurze Pause. »Wenn Sie es wünschen, ist das möglich«, sagte der Doppelgänger.

Maureen platzte laut heraus. Sie hielt sich die Hand vor den Mund, als sie sagte: »O ja, *bitte* mach das doch so, wenn es geht.«

John nahm sie in die Arme und drückte sie an sich.

»Schon gut«, sagte sie nach einem Augenblick, als sie zu lachen aufhörte. »Schon gut, alles klar.«

»Wirklich?« fragte er besorgt. Er hielt sie fest und sah ihr in die Augen.

»Ja, es ist gut.«

»Schön.« Er ließ sie los und ging zur Tür. »Wir haben nämlich keine Zeit mehr für die Therapie von hysterischen Anfällen. Du kannst ausrasten, wenn wir hier verschwunden und in Sicherheit sind.«

»Gut«, sagte sie. »Aber wenn das Theater hier vorbei ist, dann nehme ich mir einen Nervenzusammenbruch. Ich finde, ich habe ihn mir redlich verdient, und nichts und niemand wird mich davon abhalten können.«

John hielt sie auf, als sie über die Schwelle treten wollte. »Tut mir leid, Dr. Robinson, Sie dürfen keinen Nervenzusammenbruch bekommen. Sie sind die Mami, und so etwas ist Ihnen nicht erlaubt. Das einzige, was wir Ihnen erlauben können, ist ein Wutanfall.«

Maureen nahm sein Gesicht in beide Hände und küßte ihn. »Danke, dann nehme ich den. Die Richtung stimmt schon.«

Der Doppelgänger des Roboters war zu ihnen aufgeschlossen und wartete jetzt darauf, daß sie hinaustrat, damit er folgen konnte. »Es wäre hilfreich, Ihre Gehirnmasse zu dekomponieren und in der Weise neu zu mischen, daß psychotische oder semipsychotische Episoden vermieden werden.«

Maureen und John sahen einander groß an. »Ich habe so ein Gefühl, daß ich es bereuen werde«, sagte John, »aber erkläre mir bitte diesen Vorschlag.«

Also gut, was wird das Biest jetzt unternehmen?

Die Frage ging Judy immer wieder durch den Kopf wie der nervige Refrain eines Liedes, dessen sie längst überdrüssig geworden war. Der Alien schien sich keinen halben Zentimeter bewegt zu haben, seit sie auf die *Jupiter 2* gebracht worden war. Ob er nicht verstand, was man mit ihr gemacht hatte?

Vielleicht war das der Grund. Nachdem sie an Bord gebracht worden war, nahm er vielleicht an, sie würde die Vorgänge dort beaufsichtigen. Vielleicht hatte er auch noch einige Meditationen nachzuholen.

Sie drehte sich um und beobachtete die Leute, die sie gefangen hatten. Sie beschäftigten sich gerade mit der Nahrungsaufbereitung der *Jupiter 2*. Sie hatten die Deckplatte und die Vorderfront der Anlage abgebaut, und zwei von ihnen waren halb in die Maschine hineingekrochen. Der Anblick erinnerte sie an die uralten Fotos, die sie mal gesehen hatte. So hatten früher die Mechaniker an Automobilen gearbeitet.

Inzwischen waren noch weitere Exemplare von der pergamentfarbenen tätowierten Sorte aufgetaucht. Sie schnüffelten überall herum, ein paar ließen Archivdaten über die Anzeigen des Navigationssystems laufen, während die anderen vom Pult des Piloten bis zum Maschinenraum und wieder zurück alle Energieleitungen überprüften. Sie benutzten dazu kleine Geräte, die wie kantige, etwas zu groß geratene Handglöckchen aussahen. An einem Ende schienen sie wie Meßgeräte zu funktionieren, während das andere Ende eine Art elektronisches Universalwerkzeug war.

Vielleicht sollte ich sie bitten, eine Flasche Wein für mich zu öffnen, dachte sie ein wenig albern. *Ich würde wirklich gern mal sehen, wie ein elektronischer Korkenzieher funktioniert.*

Sie richtete sich abrupt auf. Es gab tatsächlich Alkohol an Bord. Und zwar mehr als eine Flasche, und sie brauchten nicht einmal einen Korkenzieher.

Trotz der harten Beschränkungen, was das Gewicht und die Größe ihres Gepäcks anging, hatte Maureen Robinson es geschafft, eine Kiste Champagner an Bord der *Jupiter 2* zu schmuggeln. Judy hatte den Champagner eine Weile nach ihrer Flucht von dem durch Zeitbeben zerstörten Planeten entdeckt und ihre Mutter unschuldig darauf aufmerksam gemacht. Sie hätte nie gedacht, daß ihre Mutter den Schampus eingepackt hatte – ausgerechnet ihre Mutter, der nüchternste Mensch, den man sich vorstellen konnte.

Ihre Mutter hatte sie schwören lassen, niemandem etwas zu verraten. *Wenn wir endlich den Planeten erreichen, dann werden wir es mit Arbeitern zu tun bekommen, die seit mindestens einem Jahrzehnt ihre Heimat nicht mehr gesehen haben. Wir können dann mit einem Glas Champagner die Fertigstellung des Hyperraumtors feiern, und vielleicht bleibt sogar eine Flasche übrig, die wir an einem Spant zerschlagen können, um das Ding ordentlich zu taufen.*

Jemand gab ihr einen kleinen Stoß, und sie schreckte aus ihren Gedanken auf. Der hellgrüne Mann stand vor ihr. »Wollen Sie sich vielleicht ansehen, wie wir die Lebensmittelproduktion verändert haben? Da wir Sie als Führerin mitnehmen «

»Nein«, sagte sie. Sein Gesichtsausdruck wurde sofort wieder sehr feindselig. »Nicht, wenn Sie nicht alle mit mir einen Toast ausbringen.«

»Einen Toast?«

»Das ist ein Brauch meines Volks. Wir tun es, um die Götter zu besänftigen.« Sie stand auf. »Wenn ihr überhaupt Erfolg haben wollt, dann müßt ihr jetzt aufhören zu arbeiten und mit uns zusammen den Toast ausbringen.«

Atemlos wartete sie, während der grüne Mann darüber nachdachte. »Also gut«, sagte er schließlich. »Wir sind hier sowieso fast fertig.«

Judy lächelte. »Ich werde dann das, äh, das heilige Wasser holen.« Sie eilte zu der kleinen Küche, die ihrer Mutter gelegentlich als zweites kleines Labor diente. *Heiliges Wasser.* Das war nicht schlecht. Wenn Don West das erfuhr, würde er es sie ihr Leben lang nicht mehr vergessen lassen.

Falls Don West davon erfuhr, korrigierte sie sich selbst. Sie zog die Kiste Champagner aus dem Schrank am Ende der Theke. »Tut mir leid, Mom«, murmelte sie. Sie hockte sich hin, um die Kiste so anzuheben, wie Don West es ihr gezeigt hatte (die Kraft muß aus den Beinen kommen, nicht aus dem Rücken; vielen Dank, Don).»Aber das ist ein Notfall. Wenn die alles austrinken...« Sie verzog das Gesicht und hob die Kiste hoch. Einen Moment lang balancierte sie auf einem Bein, als sie ein Knie hob, um die Kiste kurz abzustützen, damit sie besser zupacken konnte.»... dann werde ich versuchen, einen erstklassigen Barkeeper abzugeben.«

Sie schleppte die Kiste zur Brücke und ließ sie auf Don Wests Pilotensessel fallen. Dann klappte sie sie auf, zog eine Flasche heraus und las das Etikett. »Dom Perignon«, sagte sie erfreut. Beinahe mußte sie lachen. Als ob sie den Unterschied zwischen einem Dom Perignon und einem Don Juan hätte erkennen können. *Und ob ich den Unterschied erkenne – was ein Don Juan West ist, das weiß ich genau.*

Sie schob den Gedanken beiseite und wandte sich an den grünen Mann. »Alles in Ordnung. Jetzt holen Sie Dr. Smith, damit wir beginnen können.«

»Dr. Smith schläft«, erklärte der grüne Mann.

»Dann wecken Sie ihn«, verlangte sie. »Unsere Götter sind rasch erzürnt, wenn man nachlässig mit den Ritualen umgeht.«

Der grüne Mann schien etwas beunruhigt. Die beiden anderen grünen Leute und die tätowierten Exemplare wechselten einige Blicke. Judys Herz sank. »Der Schläfer kann nicht ohne weiteres geweckt werden.«

Sie versuchte, die unguten Vorahnungen, die sich leise anschlichen, zu ignorieren. »Hören Sie, er kann doch noch nicht sehr lange schlafen...«

»Das spielt keine Rolle. Wenn er schläft, dann schläft er.« Der grüne Mann runzelte die Stirn. »Das müssen Sie doch verstehen. Er wurde dekomponiert, und weil der Beginn des nächsten Zyklus unmittelbar bevorsteht, wird er den Zyklus und die nächste Zwischenzeit über schlafen, bevor er neu gemischt werden kann.«

»Dekomponiert...« Judy schluckte. »Ich dachte, Sie meinten damit nur, die Mitglieder der Crew würden voneinander getrennt. Ich dachte, sie würden getrennt untergebracht, weil es nicht mehr nötig wäre...« Sie brach ab. »Aber das war... Sie haben das ganz anders gemeint.«

»Ja, die Crew, sie werden dekomponiert. Alle. Sie alle, und jeder noch einmal individuell.«

Erstaunlich, dachte Judy. Wenn die Gefühle stark genug wurden, dann klingeln einem tatsächlich die Ohren. »*Holen Sie jetzt sofort Dr. Smith*«, befahl sie dem grünen Mann. »Sonst werden meine Götter Sie in einen kleinen Haufen Asche verwandeln.«

Der grüne Mann seufzte. »Dr. Smith schläft. Er wird schlafen, bis der nächste Zyklus nach diesem beginnt, und dann wird er innerhalb unseres Volkes erwachen.«

Judy mußte sich an der Kante des Pults festhalten, um ihr Zittern zu unterdrücken. »Wollen Sie damit sagen, daß es schon zu spät ist? Daß Dr. Smith bereits... daß er schon...«

Es gab ein langes Schweigen. Judy stand schaudernd am Pult, die Flasche Champagner unbeachtet in der anderen Hand haltend. Nach einer Weile begann sich etwas zu regen, aber sie konnte nicht erkennen, was vor sich ging. Irgend jemand arbeitete am Pult ihres Vaters. Der grüne Mann schien auf etwas zu warten, aber das war ihr in diesem Augenblick egal.

Guter Gott, es tut mir leid, betete sie stumm. Und es war wirklich ein Gebet. *Dieser arme, elende Kerl, diese erbärmliche, verlorene Seele, dieser gemeine Kerl, der am Ende doch immer nur sich selbst verletzt hat. Vielleicht hatte der Mann noch nie im Leben eine echte Chance gehabt. Man hat ihn bereits umbringen wollen, nachdem er unseren Roboter sabotiert hatte, und vielleicht war alles, was danach kam, nur geborgte Zeit gewesen – vom Augenblick des Starts bis zu dem Augenblick vor ein paar Minuten, als sie ihn ›dekomponiert‹ hatten. Das Schicksal hatte ihn doch noch ereilt. Und vielleicht wird es uns allen genauso gehen.*

Sie ignorierte das tiefe, schmerzende Loch, das sich in ihrer Brust geöffnet hatte, und riß die Folie von der Flasche ab, dann befahl sie dem grünen Mann, ein paar Gläser zu besorgen, aus denen sie trinken konnten. Als die Gläser verteilt waren, ließ sie die Leute in einer Reihe antreten und an sich vorbeimarschieren, damit sie die Gläser füllen konnte.

»Wir müssen... wir müssen alle Flaschen in dieser Kiste leeren.« Sie wischte sich die Augen so grob ab, daß es fast aussah, als hätte sie sich eine Ohrfeige gegeben. »Wir müssen alle Flaschen austrinken, verstehen Sie?«

Die Leute murmelten zustimmend.

»Und weil Sie Dr. Smith vorzeitig beseitigt haben, müssen wir auch seinen Anteil trinken, denn sonst werden die Götter sehr, sehr böse.«

Der grüne Mann wollte etwas sagen, aber sie fuhr ihn an: »Halten Sie den Mund und trinken Sie!«

Er gehorchte; alle gehorchten. Judy bemerkte, daß die Leute sie argwöhnisch beäugten, weil sie sich nicht auch selbst ein Glas eingeschenkt hatte.

Das letzte Glas stand noch auf dem Pult. Sie füllte es und kippte den Champagner so schnell wie möglich, dann füllte sie nach und trank noch einen Schluck.

Sie hatte gesehen, wie empfindlich die Leute auf Smiths Droge reagiert hatten und nahm an, sie würden auf Alkohol ähnlich reagieren. Sie kippte das dritte Glas. Wahrscheinlich würden sie lahmgelegt sein, lange bevor die Kiste Champagner geleert war. Das galt natürlich auch für sie selbst, denn Dr. Judy Robinson konnte, so hart sie auch sonst im Nehmen war, keinen Alkohol vertragen und war in jedem Institut, Labor oder Krankenhaus, in dem sie gearbeitet hatte, bei geselligen Anlässen immer als erste unter den Tisch gesackt.

Auf der Erde ist es wie im Himmel und umgekehrt, dachte sie. Sie konnte die Tränen jetzt nicht mehr zurückhalten, aber es war ihr einerlei. Es würde nicht mehr lange dauern, bis sie alle so betrunken waren, daß Judy in ihre Kabine stolpern und sich das Medikament spritzen konnte, das ihre Zimmerkameradin während des Medizinstudiums als *Muntermacher* bezeichnet hatte. Es machte schlagartig nüchtern. Genaugenommen war es eine illegale Droge, aber das galt ja nur auf der Erde, und das war lange her und weit weg...

»Hoch die Tassen«, murmelte sie, als sie die dritte Flasche anbrach.

19

Will und der Roboter sahen zu, wie die beiden Irren mit den Gesichtstätowierungen ein Faß vorbereiteten.

Sie hatten sich hinter einem mit Leuten vollgehängten ›Baum‹ versteckt und waren weit genug entfernt, damit die Verrückten das leise Klicken und Klappern, das der Roboter gelegentlich von sich gab, nicht hören konnten. Will hoffte es jedenfalls inbrünstig. Neben der Tonne lag Zachary Smith auf dem Boden. Offenbar befand er sich in einer ausgesprochen miesen Verfassung, denn seine Haut war beinahe grau, das Weiß der Augen fast vollständig rot. Zuerst hatte Will befürchtet, der Mann wäre tot, aber jetzt sah er, wie Smith schauderte und zuckte wie in einem Fiebertraum.

Der erste Tätowierte kippte eine Art Pulver in das Faß, während der zweite den Behälter mehrmals schüttelte, wie um das Pulver gleichmäßig zu verteilen. Dann bückte sich der erste, um etwas aufzuheben, das Will nicht sehen konnte. Er kam mit einem Schlauch in der Hand wieder hoch, und man hörte eine Flüssigkeit in die Tonne plätschern. Sie war zu zähflüssig, um Wasser zu sein, und Will konnte etwas riechen, das ihn an den Geruch von Brot erinnerte. Hefe? Was es auch war, es schien eine heftige chemische Reaktion auszulösen.

Der zweite Tätowierte ging zu Smith und tastete Arme und Beine ab, als wäre er ein Stück Vieh. »Es wird problemlos funktionieren«, sagte er. »Es wird ihn binnen weniger Stunden zerlegen.«

»Aber das ist für den aktuellen Zyklus immer noch nicht schnell genug«, gab der erste Tätowierte unwillig zurück.

»Das habe ich auch nie behauptet«, erklärte der zweite Tätowierte unbeeindruckt. »Es wird ihm sicher gut tun, wenn er
einen Zyklus wartet. Das festigt den Charakter. Etwas zusätzliche Zeit, damit er Daten aufnehmen und genetisches Material
absorbieren kann . . . wer weiß, was einmal aus ihm wird.«

»Oder wie viele«, fügte Nummer Eins hinzu. »Er ist eindeutig eine Bereicherung des genetischen Pools.«

»Wir können nur hoffen, daß alles gut verläuft. ›Möge das
Positive konzentriert und das Negative verdünnt werden‹,
wie man so sagt.«

»Es ist schon lange her, daß neues Material hinzugefügt
wurde, nicht wahr?« Nummer Eins beugte sich über Smith
und zog ihm die Schuhe aus.

»Sehr lange. Zu meinen Lebzeiten ist es noch nie passiert«,
antwortete Nummer Zwei. »Und ich denke, ich bin ziemlich
alt für einen Nicht-Unsterblichen.«

Will warf einen Blick zum Roboter. »Worüber reden die
da?« flüsterte er.

Der Roboter schwieg, und Will erkannte, daß die Maschine
nicht sprechen konnte, ohne den beiden Irren ihre Anwesen-
heit zu verraten.

»Projiziere die Worte«, befahl Will flüsternd. »Kleine
Schrift, hier auf meine Hand.« Er hob die Handfläche, so
daß sie beide sie sehen konnten. »Und fasse dich kurz.«

*Kurze Antwort: Sie werden Dr. Smith auflösen und sein gene-
tisches Rohmaterial in den allgemeinen Vorrat einfügen, um neue
Leute wachsen zu lassen.*

Will schaute zu den schweren Säcken hoch, die über ihnen
hingen. »Aber . . . was für neue Leute?«

*Diejenigen, die du anschaust. Aber nicht dieses Mal, sondern
nächstes Mal.*

»Nächstes Mal?« Will starrte die Worte auf der Handfläche
an. »Was heißt nächstes Mal?«

*Nächstes Mal, wenn alle Leute aufgelöst und neu gezüchtet wer-
den. Sie nennen es Hibernation, weil dabei kein genetisches Material
verloren geht.*

Will sperrte erschrocken den Mund auf. Er sah zu den beiden Verrückten, die Smith bis auf die Unterwäsche ausgezogen hatten. Smith trug ein Paar wenig bemerkenswerte Schlüpfer und die Sorte Unterhemd, die Don West trug, wenn er mit den Gewichten trainierte. »Wir müssen sie aufhalten«, sagte er mit normaler Lautstärke. Es war ihm egal, ob sie ihn hörten. »Roboter, halte sie auf. Rette Dr. Smith!«

»Robot rettet Dr. Smith.« Gehorsam rollte die Maschine zu den beiden Irren, die sich erstaunt aufrichteten und nun ihrerseits erschrocken die Augen aufrissen. Zu Wills Überraschung machten sie keine Anstalten, sich zu verteidigen oder wegzulaufen. *Vergiß es, darüber kannst du dich später noch wundern*, sagte er sich.

»Roboter, betäube sie nur!« rief er. *»Betäuben, nicht töten – wiederhole, betäuben, nicht töten!«*

»Betäuben, nicht töten«, wiederholte der Roboter. Er jagte eine Ladung durch den Irren Nummer Zwei, der ihm am nächsten war. Der Irre Nummer Eins sah offenen Mundes zu, wie Nummer Zwei wild zuckte und zusammenbrach.

»Beide!« rief Will verzweifelt.

Der Irre Nummer Eins wollte sich gerade zu Will herumdrehen, als der Roboter die nächste Ladung abfeuerte.

»Robot weiß, daß du beide gemeint hast«, sagte er, als der zweite zuckend zu Boden ging und reglos liegen blieb. »Es kann bis zu einer Sekunde dauern, um die Ladung richtig einzustellen, damit der Organismus nicht getötet wird.«

Will hörte nicht auf ihn. Er hockte schon neben Smith und schüttelte ihn so fest er konnte. »Kommen Sie, wachen Sie auf!« Er stellte sich breitbeinig über den Mann, faßte die Träger des Unterhemds und schaffte es, ihn in eine sitzende Position hochzuziehen. »Bitte, bitte, Dr. Smith, wachen Sie doch auf, wir müssen hier verschwinden!«

Smith starrte ihn aus glasigen Augen an. Er sah wirklich schlimm aus. »Verschwinden? Sei kein Dummkopf, Kind, wir können hier nicht verschwinden. Laß mich schlafen.« Er sackte in sich zusammen und wollte sich wieder hinlegen, aber die Angst verdoppelte Wills Kräfte. Er riß Smith wieder hoch und nach vorn, bis das Gesicht dicht über den Knien hing.

Will sah sich über die Schulter um. »Roboter, hilf mir! Wir müssen Dr. Smith zur *Jupiter 2* bringen!«

Der Roboter streckte den Arm aus, während Will den hilflosen Mann von hinten stützte, ihm die Arme um die Brust legte und versuchte, ihn auf die Füße zu ziehen. Dr. Smith wehrte sich nicht, aber das war auch nicht nötig. Er war viel zu schwer, als daß der verängstigte Junge ihn hätte schleppen können. Will hielt tapfer fest, aber der Mann rutschte ihm aus den Armen.

»Bitte, Dr. Smith«, sagte er fast schluchzend. »Bitte. Vielleicht können wir hier nicht verschwinden, aber wenn wir die *Jupiter 2* erreichen, können wir sie vielleicht eine Weile abwehren...«

Smith hob wieder den Kopf. »Nicht jetzt. Ich brauche meine Ampulle.« Er ließ den Kopf wieder sinken.

»Verdammt, Smith«, brüllte Will. Er wollte noch einiges hinzufügen, als ihm etwas einfiel. Er senkte die Stimme, bis sie möglichst tief und erwachsen klang. »Okay, Smitty, was halten Sie davon, wenn ich Ihren Arsch durch die Luftschleuse schiebe?«

Es war eine höchstens mittelmäßige Nachahmung von Don West, aber für den benommenen Smith reichte es vollkommen aus. Er sprang auf und rannte dem Roboter in den ausgestreckten Arm, wo er entsprechend in Empfang genommen wurde. Als der Roboter ihn hochhob und Will erleichtert seufzte, war Smiths Körper schon wieder erschlafft.

Eine plötzliche Bewegung erregte Wills Aufmerksamkeit. Zuerst fürchtete er, einer der tätowierten Verrückten sei gekommen, um nachzusehen, was seine Freunde so lange machten oder um jemand anderen den Genpool zu kippen (*nein, darüber möchte ich jetzt wirklich nicht nachdenken*), aber dann sah er es. Er hatte nach oben geschaut, und dort, in einem Sack, bewegte sich etwas. Ganz leicht nur.

Und es war nicht nur einer. Inzwischen bewegten sich fast alle Wesen in ihren Säcken. Will wurde es ziemlich mulmig.

»Es wird bald Zeit für sie«, informierte der Roboter ihn freundlicherweise.

»Klasse.« Will zwang sich, den Blick abzuwenden und sich in die Richtung zu bewegen, wo laut Plan der Eingang der Landebucht sein mußte, in der die *Jupiter 2* stand. »Laß uns hier verschwinden, ehe sie runterfallen wie reife Äpfel.«

Als er überall auf der Brücke bunte Leute herumliegen sah, griff Don West unwillkürlich zur Waffe. Dann stieg ihm der Geruch von Champagner in die Nase, und er blieb verwirrt stehen.

»Judy!« Penny rannte an ihm vorbei zu ihrer Schwester, die zusammengesunken in Don Wests Sessel hing, als wäre sie eine Puppe, die ein Kind nach einem besonders groben Spiel achtlos fortgeworfen hatte. Ihr Haar klebte auf der Stirn und war klatschnaß, das Gesicht war verschwitzt und gerötet. Doch bevor Penny ihre Schwester erreicht hatte, blieb sie wieder stehen und stieß einen Schrei aus.

»Nein«, murmelte Don, der ihr sofort gefolgt war. »Bitte, nein. Bitte … «

Dann blieb auch er stehen und starrte die Szene an. Judy hatte einen Fuß in den Nacken eines hellgrünen Mannes gesetzt. Der bewußtlose Mann lag auf dem Bauch, als hätte er sich flehend vor ihre Füße geworfen.

Die pergamentfarbene Frau zog eine Flasche Champagner aus der fast leeren Kiste. »Ist das ein Rauschmittel?«

Don nahm ihr die Flasche ab. »Ein verdammt gutes sogar.« Er schaute in die Kiste. Es war nur noch eine weitere Flasche da. »Wo hat sie das Zeug bloß her?« Er stellte die volle Flasche zu der anderen in die Kiste zurück und bückte sich, um eine leere aufzuheben, die auf dem Boden lag. »Und was noch wichtiger ist, *warum* hat sie das gemacht?«

»Weil ich es nicht übers Herz bringen konnte, sie umzubringen, Major.«

Schwankend und auf Penny gestützt, hatte Judy es geschafft, auf die Beine zu kommen. Ihre Augen waren rot und verquollen, als hätte sie stundenlang geweint.

»Ich konnte es nicht über mich bringen, sie zu töten, weil ich viel zu sehr geweint habe, um mit einer Waffe genau genug zu zielen.« Sie gab Penny einen Stoß, und Penny führte sie gehorsam zu Don, der unterdessen die tätowierte Frau böse ansah. »Aber ich glaube, jetzt habe ich genug geweint. Ich glaube, jetzt kann ich wieder zielen. Ich glaube, ich könnte jetzt durchaus wieder zielen und einen Haufen von Mördern erschießen. Es ist Völkermord, und...« Sie wollte Don die Waffe abnehmen, aber er hielt sie mühelos zurück und bog ihr wieder einmal die Arme hinter den Rücken.

»Immer mit der Ruhe, Doc. Sie ist auf unserer Seite.«

Judy wollte es nicht glauben. »Aber sicher doch. Das erzählen sie immer, diese Mörder. Aber wissen Sie, was die wirklich machen? Wußten Sie, daß sie die Leute hernehmen und...«

»Sie hat es uns erzählt, Judy«, schaltete Penny sich ein. Sie legte ihrer Schwester eine Hand auf die Schulter. »Sie nehmen sie, und sie... sie töten sie! Sie bringen sie einfach um, und sie... sie...«

»Judy«, sagte Don, »wir wissen Bescheid.«

»Sie glauben, sie leben dabei weiter!« klagte Judy. »Sie glauben, weil es ein und dasselbe genetische Material sei, wären es auch immer wieder dieselben Leute. Nur irgendwie neu gemischt. Das Rohmaterial wird neu gemischt, damit die Leute angeblich sogar *besser* werden. Die Leute hier leben nicht länger als fünf Jahre!«

Penny wollte sie unterbrechen, aber Don schüttelte den Kopf. »Laß sie es sich von der Seele reden«, flüsterte er.

»Abgesehen von denen, die wir gesehen haben. Die kümmern sich um die Stadt, die...« Judy ließ die Schultern sinken, und Don ließ ihre Handgelenke los und legte ihr die Arme um die Hüften. »Sie halten alles am Laufen, bis die anderen Leute wieder nachgewachsen sind. Ich meine, sie glauben, daß die Leute nachwachsen. Aber die Leute, die wir gesehen und kennengelernt haben, die werden alle getötet. Sie werden alle umgebracht.« Sie sah zu der tätowierten Frau. »Nur die da nicht.« Don zuckte zusammen. So wütend hatte er Judy noch nie erlebt. »Die sind die Scharfrichter. Sie nennen sich Hüter, und sie wollten mir weismachen, daß all die bunten Leute unsterblich wären, oder so gut wie unsterblich. Aber sie selbst, die sogenannten Hüter . . . «

»Sie leben, bis sie eines natürlichen Todes sterben, und in der Zwischenzeit züchten sie neue Leute.«

Judy wand sich aus Dons Umarmung und rannte zu Maureen und John Robinson, die im Zugang zur Brücke standen. Die Erleichterung beim Anblick der beiden war so stark, daß ihm die Knie zitterten.

Einen Augenblick später verflog die Erleichterung.

Will war immer noch nicht da.

20

»Dieses Wort, das Sie mehrmals benutzt haben«, begann die tätowierte Frau. »Das Wort, mit dem Sie uns beschrieben haben . . . «

»Mörder?« fragte Judy. Sie hatte sich etwas beruhigt, aber Maureen war klar, daß ihre Tochter, sonst eine gelassene, kompetente, zielstrebige Ärztin, sich in diesem Augenblick nicht weit genug von der Situation distanzieren konnte, um ihre Verachtung für diese Leute zu verbergen.

»Genau dieses Wort. Es kann nicht übersetzt werden.« Die Frau tippte sich aufs Ohr. »Die anderen Wörter auch nicht.«

»Welche anderen Wörter?« Judy überlegte, was sie gesagt hatte. »Völkermord?«

Die Frau schüttelte den Kopf. »Nicht übersetzbar.«

»Umbringen«, erklärte Judy. »Töten, hinrichten, abschlachten.«

»Killer«, warf Penny ein.

»Hör auf.« Judy legte ihrer Schwester eine Hand auf den Mund. »Das ist schrecklich. Du solltest nicht hier sitzen und zuhören, ganz zu schweigen davon, dich am Gespräch zu beteiligen. Geh in deine Kabine.«

Judy war noch betrunken, erkannte Maureen. In all dem Aufruhr hatte niemand daran gedacht, sie auszunüchtern. Sie eilte ins Labor, holte eine Einwegspritze und kam gerade rechtzeitig zurück, um Judy fragen zu hören: »Wie, um alles in der Welt, kann es sein, daß eine Gesellschaft, die regelmäßig ihre eigene Bevölkerung umbringt, kein Wort für den Tod kennt?«

»Oh, das heißt bei uns ›Ende‹«, sagte die tätowierte Frau nickend. »Nur für uns Hüter endet das Leben.«

Judy spreizte die Finger und sah zwischen ihrem Vater und Don West hin und her. »Dabei sind sie die einzigen, die nicht getötet werden. Sie dürfen normal leben, bis sie eines natürlichen Todes sterben.«

»Falls man es normal nennen darf, als Erwachsener geboren zu werden«, warf Penny vorwurfsvoll ein.

Judy sah sie überrascht an, und Maureen nutzte die Gelegenheit, ihr die Injektion zu geben. Die extrem dünne Nadel verschwand in Judys Arm. Judy sah ihre Mutter einen Augenblick benommen an. Dann schauderte sie.

»Autsch«, sagte sie und verzog das Gesicht. »Vielen Dank auch. Wenn ich nüchtern gewesen wäre, hätte ich dir erklärt, daß ich viel zu viele emotionale und psychologische Schocks erlitten habe und daß ich besser ausschlafen sollte, als die chemische Abkürzung zu nehmen.«

»Das versuchen wir beim nächsten Mal«, erwiderte Maureen. »Die Hüterin sagt, wir hätten jetzt genügend Vorräte an Bord, um lange Zeit fliegen zu können. Wir müssen jetzt nur noch Will suchen, dann können wir hier verschwinden.« Sie unterbrach sich. »Mein Gott. Das klang ja wie... ich weiß auch nicht. Wie ein Satz aus einer dieser albernen altmodischen Serien, die meine Großmutter immer angesehen hat.«

»Was soll's«, sagte Don. Er stand auf und überprüfte seine Waffe. »Ich gehe ihn suchen. Ich weiß, wo er ist, oder zumindest, wo er war.«

»Es ist nicht nötig, ihn suchen zu gehen«, sagte die Frau. »Wir können ihn mit Hilfe des Überwachungssystems lokalisieren.« Sie nahm etwas, das aussah wie ein blaues Taschentuch, aus der Tasche und breitete es auf dem Pult aus. Sie glättete es mit einer Hand, und dann konnte Maureen fasziniert beobachten, wie auf dem Tuch ein Lageplan entstand.

»Sagen Sie seinen Namen«, forderte die Frau Maureen auf.

»William John Robinson. Will«, fügte sie hinzu. »Will Robinson.«

Auf dem Tuch erschien ein kleiner Kreis, dann tauchte ein zweiter auf, dann ein dritter. Die Frau richtete sich mit besorgtem Gesicht auf.

»Was ist?« fragte Maureen gespannt. »Wo ist er?«

»Nach dieser Anzeige hier«, erklärte die Frau, »*steht* er direkt vor der Tür.«

Maureen wollte zum Eingang laufen, doch die Frau hielt sie am Arm fest. »Er ist nicht allein.«

»Wer ist bei ihm?« fragte John. Er zog die Waffe und entsicherte sie.

»Das Wort ›wer‹ trifft nicht zu. Es handelt sich nicht um eine Person im üblichen Sinn.«

»Dann ist es der Roboter«, erklärte Penny erleichtert. »Er macht keinen Schritt ohne seinen Roboter.«

Die Frau schüttelte den Kopf. »Der Roboter ist deutlich zu sehen. Aber es gibt dort außerdem etwas Lebendiges... das trotzdem nicht lebendig ist. Aber auch nicht bewegungslos. Eine Energieform...« Sie blickte zu den Bewußtlosen, die auf der Brücke herumlagen, und wandte sich an Judy. »Wissen Sie, ob einer von denen hier noch weitere gerufen hat? Oder etwas... etwas anderes?«

»Etwas anderes? Was meinen Sie damit?« fragte Judy.

»Es kann alles und jedes sein«, sagte die Frau verzweifelt. »Sagen Sie es mir.«

»Nein. Ich weiß es nicht. Ich weiß es ebensowenig wie Sie.«
Maureen riß sich los, bevor die Frau sie ein zweites Mal aufhalten konnte. »Wenn mein Sohn da draußen ist, dann werde
ich ihn hereinholen, ganz egal, was da sonst noch lauert.«

»Es könnte etwas wirklich Schreckliches sein«, warnte die
Frau sie.

»Meine Liebe, ich fühle mich im Augenblick so giftig, daß
ich den Teufel selbst anspucken könnte, und er würde auf der
Stelle eingehen.«

Sie zog ihre Waffe und trat in die Dunkelheit draußen. Die
Lichter liefen an den Tunnelwänden entlang wie bei ihrer An-
kunft. Wann war das gewesen? Wie lange war es her? Ein paar
Tage? Weniger als eine Woche, da war sie ziemlich sicher. Es
war schwer, hier das Zeitgefühl zu behalten.

Sie hörte ein leises Geräusch hinter sich und wirbelte mit
schußbereiter Pistole herum.

»Ein Glück, daß du mich gut leiden kannst«, sagte John, der
ebenfalls seine Waffe gezogen hatte. Er hob die Hände.

»Geh wieder rein«, flüsterte sie. »Die *Jupiter 2* ...«

»Der Pilot sitzt auf seinem Platz und ist startbereit«, sagte
er. »Kein Crewmitglied bewegt sich ohne Rückendeckung in
feindlichem Gebiet. Judy würde im Augenblick noch keinen
Alkoholtest bestehen, also war ich an der Reihe.« Er hielt inne.
»Du kannst mich doch leiden, oder?«

»Erinnere mich daran, daß ich dich später küsse und
schlage«, flüsterte Maureen. Sie schlichen um die Ecke der
Jupiter 2, sie zuerst, er dicht hinter ihr.

Einen Augenblick später winkte sie ihm aufgeregt, um ihm
zu bedeuten, er solle zurückbleiben. Sie spannte sich, stürmte
los und hob dabei die Waffe, so daß sie nach oben zielte.

»Hallo, Will«, sagte sie.

»Hallo, Mom.«

John Robinson hielt sich ruhig und wartete außer Sicht-
weite. Er überlegte, wie die Stimme seines Sohnes geklungen
hatte. Da stimmte etwas nicht, denn die Stimme hatte gepreßt
geklungen.

»Ich bin so froh, dich zu sehen«, hörte er Maureen vorsichtig sagen. »Wir wußten überhaupt nicht, wo du geblieben warst. Ihr beide. Ihr drei, meine ich.«

»Mom?« sagte Will. Er gab ein kleines, verzweifeltes Geräusch von sich.

»Nein, bitte!« sagte Maureen. »Sie dürfen Will nicht weh tun, das sollten Sie doch eigentlich wissen.«

John lehnte sich an die Außenwand der *Jupiter 2* und schloß die Augen. Smith. Es mußte Smith sein.

»Ersparen Sie mir das mütterliche Gejammer, Madam«, höhnte Smith. Aber auch mit seiner Stimme war etwas nicht in Ordnung. Sie klang belegt, als hätte er dicke Mandeln oder eine Bronchitis. »Ich versuchte nur, diesen Blechapparat davon abzuhalten, mich zu betäuben.«

»Wenn ich dem Roboter befehle, sich ein Stück von Ihnen zu entfernen«, sagte Maureen, »werden Sie dann die Hand von Wills Hals nehmen?«

Sie bekam keine Antwort. John drückte sich flach gegen das glatte Metall des Raumschiffs. Er wünschte, es gäbe einen Griff, an dem er sich hätte festhalten können, um mit einem Schwung aus der Deckung hinter Maureen hervorzuspringen und zu versuchen, einen Schuß auf Smiths Kopf abzufeuern.

»Tun Sie das meinetwegen«, sagte Smith. »Aber es gibt etwas, das mir noch wichtiger ist und das ich jetzt auf der Stelle haben will.«

»Sie sollen es bekommen, Zachary.« Judys über Lautsprecher verstärkte Stimme klang einfühlsam und sanft. »Sehen Sie hier herauf zum Fenster. Können Sie mich sehen?«

John wischte sich mit einer Hand das Gesicht ab. Gott, er wünschte, er könnte etwas sehen.

»Ich weiß nicht, ob Sie erkennen können, was ich hier habe«, fuhr Judy fort. »Es ist sehr klein und aus dieser Entfernung wahrscheinlich kaum auszumachen. Aber es ist das, was Sie haben wollen. Es ist genau das, was Sie jetzt denken.«

Irgend jemand – John hoffte, daß es Smith war – gab ein gequältes, leidendes Geräusch von sich.

»Kommen Sie und holen Sie es sich, Zachary«, sagte Judy. »Kommen Sie schon. Niemand wird Ihnen etwas tun. Niemand wird Sie anrühren. Die anderen hören, was ich sage, und sie werden mir gehorchen. Ich bin der Doktor.«

Smith stieß einen heiseren Schrei aus. Als John hörte, wie der Mann zum Eingang der *Jupiter 2* rannte, hielt er es nicht mehr aus. Er verließ seine Deckung und sah Maureen vor Will knien, der auf dem Boden saß und sich den Hals rieb. Tränen rannen ihm übers Gesicht.

»Ich habe diesem Idioten das Leben gerettet«, schluchzte Will, von Husten unterbrochen. »Ich habe ihm das Leben gerettet, und kaum daß er zu sich gekommen war, ist er durchgedreht und hat gesagt, er wolle hier nicht weg, obwohl ich ihm erklärt habe, daß...« Will unterbrach sich und sah zwischen seinem Vater und seiner Mutter hin und her. »Mein Gott, ihr werdet es einfach nicht glauben, wenn ich euch erzähle, was ich über diese Welt herausgefunden habe.«

»Versuch's doch«, sagte John trocken. Er legte ihm einen Arm um die Schultern.

»Robot kann Dr. Smith jetzt überwältigen«, bot der Roboter an.

»Nicht mehr nötig«, sagte Will. Wieder begann er zu husten.

»Es ist nötig«, widersprach der Roboter und rollte zur *Jupiter 2*. John wechselte einen raschen Blick mit Maureen und sprang auf.

»Keine Sorge, Dad«, sagte Will, indem er ihn an der Hand festhielt. »Er ist auf Betäuben eingestellt.«

»Ich würde trotzdem gern wissen, was hier passiert ist«, sagte John, während er seinem Sohn beim Aufstehen half.

Maureen hatte plötzlich wieder die Waffe in der Hand. »Bring Will sofort in die *Jupiter 2* zurück«, sagte sie unvermittelt. »Keine Widerrede!« fügte sie hinzu, als sie sah, daß er fragen wollte, was auf einmal los sei.

John bückte sich und flüsterte seinem Sohn ins Ohr: »Lauf los!« Als Will um die Ecke verschwunden war, zog er ebenfalls seine Pistole und stellte sich Rücken an Rücken mit seiner Frau.

»Habe ich dir nicht gesagt, daß du mir nicht widersprechen sollst?« sagte sie.

»Ich habe kein Wort gesagt«, erwiderte er. Er suchte mit den Augen die Dunkelheit nach einer Bewegung ab, während er sich einen Idioten schalt. Die tätowierte Frau hatte gesagt, daß hier draußen noch etwas sei lebendig und zugleich nicht lebendig. Das war zwar eine gute Beschreibung für den Zustand, in dem Smith bei ihnen angekommen war, aber sie hatte nicht in Metaphern gesprochen.

»Ich würde mich besser fühlen, wenn ich wüßte, daß du drin bist und Don und Judy hilfst, falls Smith oder die anderen Leute dort...«

John spürte, wie sie sich versteifte, und drehte sich um.

»Ach ja«, sagte er, während er mit der Pistole Ziel nahm, »ich habe mich schon gefragt, wo wir uns wiederbegegnen würden.«

Der Gesichtsausdruck des blauen Alien verriet nichts. Er machte keinerlei bedrohliche Bewegungen, aber er hielt die Hände hinter dem Rücken, wo John sie nicht sehen konnte, und das gefiel ihm überhaupt nicht.

»Haben Sie nichts zu sagen?« fragte John den Alien. »Nichts in der Art, daß wir meditieren sollten? Waren Sie in der letzten Zeit damit beschäftigt, in der Außenhülle zu leben und über das Nichts zu meditieren? Oder war der Unterhaltungswert der Vorgänge hier drinnen so fesselnd, daß Sie sich nicht von den Überwachungsmonitoren losreißen konnten?« Aus dem Augenwinkel sah er, daß Maureen ihn mit bleichem Gesicht und erschrocken anstarrte. Er fragte sich, wieviel sie noch ertragen konnte, ohne zusammenzubrechen.

Aber diese Frage stellte sich natürlich für jeden von ihnen, auch für ihn selbst. Was konnte er noch ertragen, ohne auszurasten?

Als hätte sein Körper auf genau diese Frage gewartet, überflutete ihn die Benommenheit wie eine Woge. Es war ein sehr

169

körperliches Gefühl, das ihn von links nach rechts durchströmte, während er sich fühlte, als wäre er zur Seite gekippt. Dann schien er in die andere Richtung zu schwanken, und auch der Gefühlsstrom wechselte die Richtung.

Mein Gott, bitte laß mich nicht ausgerechnet jetzt das Bewußtsein verlieren. Nicht gerade jetzt. Wenn du mich jetzt wach bleiben läßt, dann verspreche ich dir, in den nächsten fünfzig Jahren regelmäßig ohnmächtig zu werden. Bitte ...

»Sie sind alle völlig ungeeignet«, sagte der Alien schließlich.

»Gut«, sagte Maureen. »Das sind ausgesprochen gute Neuigkeiten.«

»Sie werden die Leute zurückgeben, die Sie außer Gefecht gesetzt haben.« Maureen und John wechselten einen Blick. »Meinen Sie die Leute, die versucht haben, unser Schiff zu stehlen?« sagte John. »Sie gehören Ihnen. Es ist uns ein Vergnügen. Sonst noch was dazu? Pommes frites? Kaffee? Süßstoff?«

»John.« Maureen berührte ihn am Arm und schüttelte ihn leicht. »Diese Leute wollten unser Schiff stehlen, weil sie weiterleben wollten.«

Es lief ihm kalt den Rücken hinunter, und er schauderte. *Sie wollten weiterleben.*

»Sie sind der echte Hüter, nicht wahr?« sagte Maureen. »Oder gibt es noch mehr von Ihnen?«

»Manchmal sind wir mehr, manchmal weniger. Diese Welt wurde so, wie Sie sie vorgefunden haben, unserer Obhut übergeben – die Stadt, die leuchtenden Einwohner, die Orte, wo die Einwohner nachwachsen, die Steuerung der Lebenszyklen. Die Leute kommen für eine bestimmte Zeit in der Stadt zusammen. In dieser Zeit müssen sie auf eine gewisse Art und Weise gewisse Dinge lernen. Dann werden sie dekomponiert und neu gemischt und können nachwachsen. Was sie gelernt haben, wächst mit ihnen nach, so daß sie im nächsten Zyklus andere Dinge lernen können.«

»Aber ...‹ Maureen schnaufte frustriert. »Aber die Individuen… Sie können doch keine Individuen nachbauen. Es sind nicht mehr dieselben Leute.«

»Natürlich nicht«, erwiderte der Alien glatt. »Sie haben dazugelernt. Sie wurden verbessert.«

»Nein, Sie verstehen mich nicht«, beharrte Maureen. »Wenn Sie jemanden dekomponieren, dann »‹

»Vergiß es«, sagte John, indem er den Arm um sie legte. »Wir sind diejenigen, die es nicht verstehen, und wir sollten lieber aufbrechen.«

Der Alien deutete eine Verbeugung an. »Das würden wir sehr begrüßen. Vielleicht hätten die Leute von euch lernen können, vielleicht auch nicht. Wenn Ihr Gewebe das vorhandene Material beeinflußt hätte, dann hätte im nächsten Zyklus ein ganz neuer Typ entstehen können. Aber wir dürfen es nicht riskieren, Material zu verlieren, und der Ihre ist ein Strang, der es offenbar vorzieht, für die Dauer eines beschränkten Lebens auf einen kleinen Raum beschränkt im Nichts zu fliegen, statt die Chance zu ergreifen, ewig zu leben und zu lernen.«

»Es gibt noch andere Orte und andere Welten«, sagte John. »Da draußen ist nicht einfach nur nichts.«

»Aber es gibt keinen Ort, an dem man ewig leben kann«, erwiderte der Alien.

»Wie lange leben Sie denn?« fragte Maureen grimmig. »Und wer sind Sie überhaupt? Wie fügen Sie sich hier in das Gesamtbild ein?«

John wartete nicht ab, ob der Alien antworten würde oder nicht. Er faßte sie sanft, aber energisch am Arm und bugsierte sie zur *Jupiter 2* zurück. Sie sah ihn fragend an.

»Du hast gehört, wie er sagte, daß diese Welt in seine und in die Obhut seiner Gefährten gegeben wurde. Ich würde deshalb vorschlagen, daß wir uns so reibungslos und schnell wie möglich verziehen, solange diese Aufforderung noch im Raum steht. Ich habe nicht die geringste Lust, denen zu begegnen, die dahinterstecken und die sich all das hier ausgedacht haben.«

»Dann trödele hier nicht so herum, sondern mach dich auf die Socken.«

21

Er schreckte aus dem Schlaf auf. So ging es schon seit einer ganzen Weile. Die Zeiten, wo er langsam in den Wachzustand hinüberdämmerte, erfüllt von einer warmen Freude und dem Gefühl, daß, wenn schon kein Gott, dann doch wenigstens Zachary Smith im Himmel sei, waren vorbei.

Aber diese himmlischen Gefühle gehörten der Vergangenheit an, und diese Vergangenheit war abgeschlossen, aus und vorbei, unwiederbringlich verloren.

Judy hatte darauf beharrt, diesen Vorgang als *Genesung* zu bezeichnen. *Rehabilitation* hätte er sich noch gefallen lassen, und *Erholung* wäre auch in Ordnung gewesen. Aber bei dem Wort *Genesung* hätte er beinahe gekotzt.

Anfangs hatte er geglaubt, er würde Judy nie verzeihen, daß sie ihn an den Stuhl gefesselt und zweieinhalb Meter in die Höhe gefahren hatte, wo er heulen und kreischen und sich winden konnte, während die anderen die reglosen Aliens, die überall herumlagen, nach draußen beförderten. Sie waren nicht tot, erfuhr er später, sondern nur betrunken. Er hätte gern die Geschichte gehört, die dahintersteckte, aber niemand wollte es ihm verraten. Nicht einmal Judy.

Danach war er ständig zwischen Bewußtlosigkeit und Wachsein gependelt. Als er die körperliche Abhängigkeit vom Kiss überwunden hatte und langsam zu sich kam, waren sie schon mehr als eine Woche im Weltraum, und die Hohlwelt lag weit hinter ihnen. Eine vorsichtige Erkundung verriet ihm, daß die Rohstoffe für den Kiss of Bliss entfernt worden waren, zerstört oder über Bord geworfen.

Nun gut, wenigstens mußte er jetzt nicht mehr unter dem Entzug leiden. Aber bei Gott, die psychische Abhängigkeit war... er fand keine Worte dafür. In den ersten beiden Wochen, nachdem er die körperliche Abhängigkeit überwunden hatte, war er nervös in seiner Kabine oder draußen im Flur herumgerannt und konnte an nichts anderes denken als an eine Pipette mit Kiss, an den Tropfen, der unter die Zunge rann, an die Wärme, die sich im Körper ausbreitete, alle Nerven durchtränkte, neue Farben in seine Welt brachte und über seine Wahrnehmungen abstrakte Muster legte, die von Escher hätten stammen können.

Lassen Sie's bleiben, Zachary.

Die Stimme, die er im Kopf hörte, war Judys Stimme.

Sie war da gewesen, nicht immer und überall, aber immer dann, wenn er fürchtete, die Kontrolle zu verlieren und völlig durchzudrehen und an dieser Gier und diesem Verlangen zu sterben. Er rannte, raste, schritt und stürmte hin und her und dachte, daß er einen anderen Weg finden mußte, um den Kiss of Bliss herzustellen, weil er sonst mit dem Kopf voran gegen die nächste Wand rennen würde, um dieses unerträgliche Verlangen abzustellen.

Und dann war sie irgendwie auf einmal da gewesen. Als hätte sie genau gewußt, wie lange er allein zurechtkam und wann jemand eingreifen mußte. Und sie hatte anscheinend auch gewußt, daß sie die einzige war, die überhaupt eingreifen konnte.

Sie denken daran, wie es war. Ich kann das erkennen. Lassen Sie's bleiben, Zachary.

Sie scheuchte ihn durch ein Trainingsprogramm, dann ließ sie sich von ihm das bißchen Portugiesisch beibringen, das er konnte, auch wenn er protestierte, daß er die Sprache seit Jahren nicht mehr gesprochen habe. Nach einer Weile spürte er, wie die Sucht nachließ, dieses unbändige Verlangen nach Kiss, und ihm wurde klar, daß er vorher nicht hatte loslassen wollen, weil er die Leere dahinter gefürchtet hatte.

Die Leere war immer noch da, aber er konnte sie hin und wieder zustopfen, für eine Weile jedenfalls. Ob er sich besser fühlte? Nein, so konnte man das eigentlich nicht ausdrücken.

Es war eher so, daß es nicht mehr schlimmer wurde, und damit mußte er sich eben abfinden, bis es eine Wende gab.

Irgend jemand lachte. Penny.

Smith setzte sich auf und schwang die Beine neben dem Bett auf den Boden. Pennys Lachen, das war es gewesen, was ihn geweckt hatte. Wie spät war es eigentlich? Er hatte das Gefühl, es wäre mitten in der Nacht.

Er zog den Morgenrock an, schlüpfte in die Pantoffeln und drehte den Türgriff herum. Die Kabine war nicht abgeschlossen. Das hatte er Judy zu verdanken. Sie hatte die anderen überzeugt, daß es grausam und nicht angebracht gewesen wäre, ihn einzusperren, während er gegen seine Sucht kämpfte. Sie beobachteten ihn immer noch besorgt, das wußte er, aber das Gefühl, ein Gefangener zu sein, war lange nicht mehr so schlimm wie früher.

Aber bitte, lieber Gott, oder wer da auch das Sagen hat, ich bin doch überhaupt kein Robinson, oder?

Er tappte leise zur Brücke, und als er den Raum überblicken konnte, blieb er stehen. Penny und Judy hatten sich über einen Bildschirm auf dem Pult gebeugt und redeten flüsternd und kichernd miteinander. Auch sie trugen Morgenröcke und Schlafanzüge, also hatte er recht gehabt. Es war nach Bordzeit der *Jupiter* 2 mitten in der Nacht. Eine Pyjamaparty, wo nur Mädchen Zutritt hatten: Jungen müssen draußen bleiben. Er drehte sich um und wollte in seine Kabine zurückkehren.

»Hallo, Zack.«

Judy und Penny sahen ihn mit unsicherem Lächeln an. Judys Lächeln war etwas wärmer als das ihrer Schwester. Er hob eine Hand, um ihnen zu verstehen zu geben, daß er nichts von ihnen wollte.

»Warten Sie.« Judy stand auf und kam zu ihm. Sie betrachtete sein Gesicht mit dem äußerst professionellen Blick eines Arztes, der einen Patienten untersucht. Es war der Blick, den er früher auch mal gehabt hatte. »Sie sehen gut aus. Sie schlafen jetzt besser.«

»Es geht mir gut«, sagte er.

Pause.

Dann: »Vielen Dank, Doktor.«

»Gern geschehen, Doktor.« Ihr Lächeln wurde breiter, und sie legte ihm eine Hand auf den Arm. »Hören Sie, nach allem, was geschehen ist, frage ich mich manchmal, was ich überhaupt noch glauben kann. Manchmal werde ich mitten in der Nacht wach und denke, es wäre nur ein Alptraum oder so etwas gewesen. Manchmal will ich mir selbst nicht glauben, daß es alles wirklich passiert ist. Aber es ist doch tatsächlich geschehen. Und so weiter, und so weiter. Aber eines gibt es, an dem ich nie gezweifelt habe und an das ich immer noch glaube.« Sie unterbrach sich und ließ ihn merken, daß dies für ihn das Signal war, sie mit einer Frage zum Fortfahren zu veranlassen. Aber die Worte blieben ihm im Hals stecken, und so schwieg er. »Es ist dies«, sagte sie schließlich. »Ende gut, alles gut.«

Er holte Luft und stellte fest, daß seine Stimme ihm wieder gehorchte. »Aber meine liebe Dr. Robinson, es ist noch lange nicht zu Ende.«

»Lassen Sie's bleiben, Zachary«, sagte sie.

Und auf einmal stellte sie sich auf die Zehenspitzen und küßte ihn.

Es war kein leidenschaftlicher Kuß, nicht einmal ein besonders nachdrücklicher. Eigentlich war es nicht einmal ein richtiger Kuß, weil sie seine Lippen nur leicht wie eine Feder berührte und sofort zu Penny zurückeilte, die mit großen Augen und offenem Mund zugeschaut hatte und nicht wußte, ob sie schockiert, empört oder amüsiert reagieren sollte.

Smith taumelte wie vor den Kopf geschlagen einen Schritt zurück, dann schaffte er es, sich umzudrehen, um in seine Kabine zurückzukehren. Doch zu seinem Entsetzen stand Will Robinson direkt hinter ihm, und ein Stück weiter unten im Gang lehnte ausgerechnet Don West vor Smiths Kabine, die Arme verschränkt und einen Fuß gegen die Wand gestemmt, als wollte er sich gleich abdrücken, um sich auf jemanden zu stürzen. *Vermutlich auf mich*, dachte Smith.

Aber Don West beschränkte sich darauf, einfach nur den Arm auszustrecken und Smith die Tür aufzuhalten.

»Wie ich sehe, sind Sie schon wieder putzmunter, Smitty«, sagte er. »Aber jetzt gehen Sie besser zurück ins Bett. Allein.«

Smith richtete sich ein wenig auf. »Aber gern, Major. Vorausgesetzt, daß Sie es genauso halten wie ich.«

In den ehelichen Gemächern der Robinsons rollte Maureen sich gerade herum und versuchte, im Zwielicht Johns Gesicht zu erkennen. »Hast du das gehört?«

Er seufzte. »Yeah, ich hab's gehört. Die Reise wird länger, die Probleme werden größer.«

Maureen schwieg einen Augenblick. »Vielleicht ist es so, vielleicht auch nicht.«

Sie spürte, wie er sich herumdrehte. »Ja, vielleicht auch nicht.«

»Es ist letzten Endes doch etwas sehr Menschliches. Und vor allem bedeutet es, daß wir uns nicht aufgegeben und unseren Willen zu überleben nicht verloren haben.«

Er rückte näher an sie heran. »Weißt du, ich glaube, du hast recht.«

Maureen lachte leise und nahm ihn in die Arme. »Ja, ich kann es deutlich spüren.«